反逆の勇者

Hero of the Rebellion

～テンプレクソ異世界召喚と日本逆転送～

GCN文庫

「――獄炎(ヘルファイヤ)!」

「とっとと、くたばれ！
――カウンター・スラッシュ！」

メイリア＝ユーミシリア
ユーリ＝ゴーディー
アリシア＝フェルト＝クスラ

反逆の勇者
～テンプレクソ異世界召喚と日本逆転送～ ③

著：川崎 悠
イラスト：橘 由宇

GCN文庫

Contents

Hero of the Rebellion

勇者の魂に救済はあるのか

プロローグ　～王国最強の女魔術師～

「メイリアお嬢様っ、あんっ、ぁあん！」

「ふふ……。サリー。気持ちいいですか？」

「あんっ！」

私は、侍女に雇っているサリーを抱いていました。

ベッドの上に彼女と共に横になり、そして彼女の肌を愛撫しています。

「ん、あっ！」

彼女は裸で、私は下着姿。侯爵令嬢である私に、サリーは逆らえません。

そもそも逆らう気も起こさせませんけれど。

私に責められ、女としての悦びを覚えてしまった彼女。

女性の身体というのは意外と単純で、こうして快感に抗えなくなるのです。

「あんっ、あんっ、あっ……！　ぁああっ！　メイリアお嬢様、もうっ、来るっ！」

「いいのよ。サリー。果ててしまいなさい？　私が最後までしてあげますから」

「ぁあっ……！　メイリア様、メイリア様、あっ、イっ、イくっ、イくぅ！」

ビクン！　とサリーの身体が大きく跳ねました。

ふふっ、イってしまったようですね？

彼女の身体がヒクつき、脱力しながら、絶頂の余韻に浸る様を見ます。

そうしますと、私もゾクゾクしてしまいました。

（私も、こんな風に誰かに支配されてみたい……）

「はぁ……はぁ……」

私の秘めた願望。性的な欲求。女性を抱くのは一つのストレス解消と言えます。

その願望は簡単には叶えられない。侯爵家の娘という事もあります。結婚するのでもない相手と交わるなど、という事もありますが。そもそも私の納得の問題でもあります。

だって私はメイリア＝ユーミシリア。クスラ王国、最強の女魔術師だからです。

自分よりも弱い相手などに抱かれたくはない、という強さの自負があるのです。

私は、女の子をこうして弄ぶのは好きですが、かといって男性に興味がないワケではありません。だけど、抱かれるのなら……自分よりも優れた相手がいい。

この私が抗えない程の男性に、こんな風に心と身体のすべてを支配されてみたい。

縛られて、抵抗出来なくされて、そして相手の思うままに蹂躙して欲しい。

女の私が思いつかないような、男性らしい、ワイルドで乱暴な行為で。

激しく私を責め立てて欲しい……。そんな風に、いつも考えています。

ですが私の願望は叶えられません。だって私、すごく強いですから。

私に勝てる男なんて王国には居ないのです。

弱い男に迫られたところで、返り討ちにしてお終いだなんて。

そんなの何の興奮も覚えませんからね。

幸い、私のお父様は、勝手に私の婚約者を決めてくる事はありません。

そこにはお父様なりの思惑がありますが……。

王国最強にして領民からも愛されている私は、それだけでユーミシリア領にとって価値のある存在です。下手な相手との婚約では釣り合わないとお考えなのでしょう。

それについては私もそう思っています。ですから私には今も婚約者が居ません。

それでも焦る事はない。未だに釣書も届きますし、侯爵の爵位を継ぐのも私ですから。

伴侶となる相手の地位にそこまで拘る必要もない。ただ、私が求めるのは。

「――異世界から召喚された勇者、ですか」

王家から我が家に連絡がありました。アリシア王女が来るそうです。

父ではなく、私を訪ねて来るそうで。

王家は【勇者召喚】の儀式を既に終えているのでしょうね。

勇者の強さには、もちろん興味があります。

けれど、それ以上に私が興味を抱いているのは。

「アリシア＝フェルト＝クスラ王女。……ふふ。王女様は、一体どんな声で鳴いてくれるのかしら？」

私はペロリと舌を出し、唇を潤しました。裸で眠るサリーのように王女を。ふふ。

自分より強い男性なんて夢みたいな存在よりも、王女様の方が大事ですよね？

ふふふ！　出逢えるのが、とっても楽しみです♪

1話　手に入れたモノ

「ルーシィちゃんを助けてあげて欲しいの！」

「ユーリ(あの女)みたいに悪いヤツは、やっつけちゃって！　シノさん！」

ウサギ少女のライラちゃんと、キツネ少女のティナちゃんが俺にそう訴えてきた。

ユーリの父が束ねていた盗賊団が誘拐した子供達で、勇者の俺が救い出した二人だ。

朝になり、俺、篠原(しのはら)シンタは、もう亜人の村を発つ所だった。

ちなみに『シノ』は俺の偽名で、二人とユーリにはそう呼ばれている。

「ルーシィちゃんって、一年前に居なくなった二人の友達の女の子だよね？」

「うん。今まで大人の人達は、ルーシィちゃんは魔物に襲われてしまったんだろうって言っていたの。でも私達みたいに、もしかしたら誘拐されたのかも」

否定できないんだよなぁ。ユーリは知らないらしいけど。

人攫いもする盗賊団がこの村の近くをアジトにしていたのは事実なのだから。

「シノさんなら、絶対に助けてくれるよね！」

「うん！　だって私達が辛い時に、勇者様(ヒーロー)みたいに助けてくれたんだもの！」

幼い子供達の信頼が重い！　この子達にとっての俺は正にヒーローだったのだろう。

二人共、酷い状況だったもんな。そして、この子達をそうした犯人が、俺のすぐ傍に居るワケだが。俺は、その犯人に視線を向けた。

口枷をした、彼女。女盗賊ユーリに。

「……むぐ」

ユーリ＝ゴーディー。22歳。黒く綺麗なストレートヘアが腰まで伸びている。美人系。何より最大の特徴は悪女な事。そして俺の初めての女だ！

「むぅ……！」

ユーリが『何をいやらしい目で見てるのよ！』と言いたげに睨む。

だが、彼女の身体は、俺がスキルで着せた【黒の拘束衣】によって縛られている。

だからユーリは俺に抵抗も出来ないし、彼女の口を、伸縮した布が塞いでしまっているから文句も言えない。いやぁ、しかし良かった。ユーリを抱いた事だ。

記念すべき初体験。セックスって、あんなに気持ちいいんだ！

ユーリの身体は、性格と違って最高だった。朝まで、彼女の隅々まで堪能した。

何より良かったのは、ユーリの方もけっこう気持ち良さそうにしていた事だろう。

ツンとして見えて、既に墜ち始めたのか。途中からユーリは、かなり積極的に、情熱的になっていた。まるで普通の恋人同士のように俺達は互いにセックスを楽しんだんだ。

……思い出したらムラムラしてきたな。またユーリを抱きたい。

「シノさん。その服や剣、どうしたの？」

「うん？　ああ。これは今回の戦利品ってコトで持ち帰ろうかなって」

俺の服装や武器は、先日からはガラリと変わっている。

第3スキル【異世界転送術】を使い、新たな装備を作成したんだ。

今なら『盗賊団を倒して手に入れました』と誤魔化せる筈。たぶん。

……盗品って事で没収されるかもだけど。そこは上手く言い訳をしよう。

スキルによって新たに出した装備は剣、マント、上着の三つ。

【反撃の剣（つるぎ）】

1、第2スキル【完全カウンター】で生じるエネルギーを刀身に宿し、攻撃力に変える。

2、この特殊効果は、勇者・篠原シンタが使った場合のみ作用する。

3、勇者が使いやすい形状、重さ、切れ味、大きさの剣で、頑丈。

4、ランクA

【透明ローブ】

1、青いマント。装備者の任意で伸縮自在。

【透明ローブ】
【反撃の剣】
【勇者の服】

2、包まれたモノを周囲から見えなくする透明化の効果。
3、透明化の際、中の音や匂いも遮断する効果。
4、ランクB
【勇者の服】
1、白いシャツ。異世界に馴染むデザイン。清潔感がある見た目。
2、対刃性・耐火性・耐熱性に優れる。
3、ランクB

実際にガチの戦闘を経験した上で、最低限これだけは必要だと思うラインナップだ。

白い上着に青いマント、そして格好いい剣！

けっこう見た目も勇者感が出てきたんじゃないか？

あと、ちゃっかりブーツも新品に交換してたり。動き易さ大事。

「俺達はもう行くよ。ルーシィちゃんの事は分かった。出来る限りはするって約束しよう」

「ありがとう、シノさん！　きっとルーシィちゃんも助けてね！　私達みたいに！」

「いってらっしゃい！　シノさん！」

「うん。いってきます」

盗賊団を倒し、助けた幼い子供達に見送られながら亜人の村を旅立つ。

「あ、ティナちゃん。ライラちゃん。俺の事は、あんまり噂にしないようにね？」

「うん！　分かってるよ！　……そっちの女が、おもらしした事も内緒？」

「それは話していいよ」

「むぅう！」

ユーリが抗議の声を上げる。知らんな。ふへへ。

とにかく俺は、女盗賊ユーリを連れて、亜人の村を後にしたのだった。


しばらく歩き、村をかなり離れた森まで来て。虫除け・魔物避けも完備状態。

「じゃあ、ユーリ。そこの木に手を付いて、お尻を突き出して」

「なっ！　あ、あんた。……昨日、あれだけ私としたくせに……！」

盗賊団を倒し、俺が手に入れたモノ。それは子供達の命。新たな武器や服。

そして女だ。女盗賊ユーリは、もう俺のモノなのである。

「くっ……！」

ユーリは、悔し気にしながらも、俺に言われるまま木に手を付いた。

そして、突き出された彼女のお尻を、景気づけにバチン！　と叩いてやる。

「ひゃん！　あっ……！　こ、これ！」

「お尻の中に媚薬が注入されただろ。服の効果で、お尻を叩かれるとそうなるから」

叩かれる度に、お尻の中に媚薬が注入され、彼女は強制的に発情してしまうんだ。

「んくっ……。この、やめなさいよっ、こんな……！」

ユーリは顔を真っ赤にして抗議する。

「だめ。ユーリがお尻叩かれて感じるようになるまで止めない」

「へ、変態！」

「変態になるのはユーリだけどな？　それ！」

「きゃん！　あっ、また！　んっ！」

ユーリの背中がゾクゾクと震えた。

だんだんと吐息が荒くなってくるユーリ。

叩くだけじゃなく、しっかりと愛撫もして、ユーリの準備を整えてやる。

好き勝手に彼女の大きな胸を揉みしだいた。

いいぞ。とてもいい。

「はぁ、んっ……」

「気分が高まってきたみたいだな、ユーリ。じゃあ、さっそく」

「あっん、だめっ、また昨日みたいに、たくさん、するの……！」

「待たないよ。身体は準備出来ただろ？」

俺は、ユーリの反応を見ながら、自身の欲望を挿入していく。

「また感じさせてやる。昨日みたいに。ユーリも感じてただろ？」

「そ、それは……だって！　あんなに、凄く！」

彼女の声が羞恥で震える。俺とのセックスで感じてしまった事実を思い出したのだ。

「あっ！　ぁあっ、はぁ、んっ！」

ユーリが自ら突き出したお尻を掴み、俺は思うままに彼女の中を蹂躙する。

「あっ、あっ、あんっ、あ！　やっ、やぁん……！」

「ユーリ。気持ちいい？　強引にされているのに感じるなんて、淫乱だな」

「んくっ、あっ、アンタが、そうしてるんでしょうがっ、あっ、あっ、あんっ」

「俺だけのせいじゃないだろ？　昨日からの反応も良いし。ユーリが変態なんだろ」

「くっ、んっ！　違っ！」

「中出しした時も気持ち良さそうだったよな？　年下のガキに責められてさ」

「なっ、き、気持ち良かったのは、あんたの使った道具のせいでしょ！　あんっ！」

気持ち良かったの認めてるじゃん。語るに落ちてるぞ。

「恥ずかしくないの？　ガキに何度もイかされて？　な、変態ユーリお姉さん」

「くっ……！　だ、だから！　や、あんっ！」

反論しようとする度に喘ぎ声を上げさせてやる。楽しい。

「くっ！　んっ！　道具じゃなきゃ、あんなに気持ちいいなんて……！　あんっ！」

ずん、ずん、と激しく責めてやる。

「初めて中までされたのに、あんなに凄く感じるワケないっ！　あっ、あっ、あんっ」

「え？　昨日の最後は、そういうの使ってなかったけど。そんなに気持ち良かったの？」

「なっ！　ウソよっ」

嘘ではないのだが。どうやらユーリは俺とのセックスに満足したらしい。

特にフィニッシュの時が、凄く気持ち良かったらしいな。ぐへへ。

「俺達の身体の相性。そんなに良いみたいだな？　ユーリ」

「くっ！　そ、そんな、ことぉ……！　あんっ」

快感に抗おうとするユーリだが、どうしても気持ち良さそうに喘ぎ声を上げてしまう。

彼女の身体は、一晩の性行為で、すっかり俺のモノになっていたようだ。

「ユーリ。気持ちいい？　自分で言ってみろ。嘘吐いたらダメ。おしおきするから」

「くっ、あっ、んっ……！」

ユーリは一際、悔しそうな表情を浮かべる。そして。

「き、気持ち、いい……！　あっ、んっ、気持ちいいわよっ！　あっ、あっ！」

「良い子だ。じゃあ、ご褒美にまた中に注いでやるからな」

「あっ、だめ、だめっ」

「イく時は、ちゃんと言うんだぞ、ユーリ！　ほら！」

「あっ！　ぁあっ、あああぁ！」

俺は、ユーリの膣奥に……射精する！

どびゅうるうううぅ！

「ひんっ、あっ、んっ、やっ、やぁん！　イくっ、イくっ、イクぅ！」

ビクン！　とユーリは俺の射精に合わせて背中をのけ反らせ、絶頂した。

『私は今、絶頂しています』と。全身の震えで訴えてくる。

射精のタイミングと同時に彼女が果てるっていうのは凄い満足感だな。

「あっ、……はぁ、はぁ、あん……、はぁ、ぁあん……」

ビクビクと痙攣しながら、まだ入ったままの俺のモノを締め付けてくるユーリの中。

搾り取るような動き、って、こういう事なのか……おお。

「はぁ、ん……。あっ、はぁ……凄……い、んっ」

赤く染まった顔や肌。荒く熱い吐息。ユーリは力を抜いて絶頂の余韻に浸る。だが。

「あっ!?　これ、またっ！」

狼狽えるユーリ。【黒の拘束衣】の効果で、尿意が刺激され始めたのだ。

「うん。また。おもらし、してね？」

「やっ、このっ、変態！　変態！」

「さて。どっちが変態になるかな？」

「あっ、だめっ、だめぇ……！　見ないで！」

「やだ」

当然、見るし、逃げられないように彼女の身体をガッチリと抱き締めた。

「あーっ！」

ちょろちょろと、また、おもらしをしてしまうユーリ。ぐへへ。

俺に見られながらのそれは、羞恥心を強く刺激する。

用を足し終えるとユーリの身体はまたビクン！　と気持ち良さそうに跳ねてしまった。

「あっ、あんっ！」

彼女の思惑とは別に、身体ばかりが快感に翻弄される恥辱。

「あっ……、んっ……。ふぅ、ふぅ……」

お尻を叩かれて感じて。強引な後ろからの挿入で果て。

おもらしでも、またイってしまった女盗賊ユーリ。無様でいやらしい。最高だ。

「ユーリ。またおもらしして。恥ずかしくないの？　森に入るとしたくなっちゃうの？」

「あ、あんたが！　やらせてるんでしょうが！」

「でも、凄く気持ち良さそうだったよ？」

「くっ、それは……あっ！」

「またイった。ユーリって本当、変態で淫乱だね」

「あっ……、くぅ……！　はぁ、あん……」

結局、ユーリは顔を真っ赤にしながら、俺の思うままに感じるしかないのだった。

そんな風にアリシアの元へ戻るまで、ユーリと二人きりで何日も過ごす。

「ユーリ、気持ちいいんだ？」

「くっ！　そ、そうよ！　どうせシノにされる事、ぜんぶ気持ちいいわよ！」

ツンデレかな？　顔を赤くしながら開き直り始める女盗賊ユーリ。

「あっ……」

俺は、ユーリを抱き締め、膝の上に乗せて愛撫する。

「はぁ……、もう」

少し優しくすると、トロンとした表情を浮かべるんだよな。

どんどん俺に従順になっていくユーリ。

「ユーリって、俺が、父親殺しだと忘れてない？　パパの仇だろ、俺は」

ちょっと俺達の関係を忘れ過ぎているって、勇者シンタ思うワケ。

「た、たしかにシノは私のパパを殺したわよ。でも」

「でも？」

「……あんたね。私に何をしてるか分かってるの？」

「え？　セックスとか、いやらしい事しか覚えがないが」

「そうよ！　シノは変態だけど、……私にそれしかしてないわ」

誰が変態だ。それはユーリだぞ。彼女の身体を愛撫しながら続きを促す。

「くっ、んっ。……もう、話を聞きたいのか、シたいのか……！」

「どっちもだけど？　ほうら、感じながら続けて？」

「んっ、くっ……、イくっ！」

またビクン！　と俺の腕の中で跳ねて、足を開いて絶頂するユーリ。ぐへへ。

「はぁ……はぁ……。ん、だか、ら……。パパは、……気に入らない人間を殺す人だったのよ……。それが、たとえママであってもよ」

「そうだったな」

勇者の第6スキル【因果応報の呪い】によって可視化された事実だ。

「だからパパは、私にとっても恐ろしい男だった。だけど、シノは私を殺そうとはしないじゃないの。……いやらしい事や恥ずかしい事はする変態だけど」

一言、余計だぞ。

「盗賊団の連中は殺したんだけど、俺」

「私個人の話よ。他の奴らは関係ないわ。シノは私を殺そうとしてない。それで十分よ」

ドライというか。団員達に対して仲間意識はなかったのかな？

「あの盗賊団で、ユーリだけは、なりたくてなったんじゃなかったな」

生まれつき、頭の娘だったのだ。その父は、気に入らない奴は殺すような男。

ユーリに父に歯向かう選択肢はなかっただろうな。命が危ないんだから。

だから赦されるとは言えないが、ユーリもあの生活を楽しんではいただろうし。

良識が育つ環境でなかったとしても被害者は、そんなの知った事じゃないだろう。

「あのパパの娘として囲われて周りは歳の離れたおっさん達ばっかり。盗賊の娘ってだけで、いくら綺麗と言われても、まともな男になんて縁もなかったわ。挙句にそのおっさん達に口説かれたりするのよ？」

「あー……」

居たなぁ。ユーリ狙いの盗賊団員。ユーリからすれば恋人候補になど上がらない男。

「私が外から連れて来た、比較的にまともな、若い男をパパったら、どうしたと思う？」

「……想像に難くないけど、殺した？」

「そうよ！　あんなんじゃセックスだって出来ないわ。ずっと監視されてたのよ、私！」

「そ、そうか。なんか色々あるんだな」

ユーリさん、ストレス！

「でも、シノは私を殺さない。ただ、いやらしい事をするだけ。私にとって、意外と悪くないじゃない？　先の見えない生活と比べて、セックスが上手いシノと旅をする生活。しかも、パパより強くて若い男。どっちの生活がマシと思う？　シノの方がいいわよ！」

「えー……」

ユーリからの好感度が想定以上に高いな！　元の環境が悪過ぎる。

「だから私は、これでも解放されてるのよ。シノに捕まって。悪くないわ」

ユーリにとっての俺は『パパより強ーい！』男なのだった。

悪女で最低なのに意外と可愛い女。生まれてくる場所がまともだったなら。

というか意外とタフだな、ユーリ。順応性が高いタイプか？

「ユーリ。俺との生活に意義を見出しているところ悪いんだが」

「何よ、シノ」

「実は俺って、ユーリとは違う恋人が居るんだよね」

「はぁ……？」

さーて。俺の本命彼女なアリシア王女に、ユーリをどう説明しようかな？

2話　アリシア王女　vs　女盗賊ユーリ！

「……それで？　その方の名前はユーリさん、と」

久しぶりのアリシア王女は、とても素敵な笑顔と隠せない怒りを見せてくれた。

待ってくれ、マイハニー。これにはワケがあるんだ！　などと言い出せない雰囲気だ。

領主の屋敷、その応接室。室内には今、俺と王女、ユーリ、騎士団長ルイードが居る。

亜人の村から帰って来た俺は、王女の前に参上し、盗賊団討伐の報告を済ませた。

新装備について、さらっと説明した上で爆弾投下。拘束されたユーリを王女に見せる。

これでユーリに注意が向いて流されるってワケ！　策士だね！　ＨＡＨＡ！

「まず、勇者様。ご無事で何よりですわ？　何度か遣いをやったのですが、予定していた宿にも戻らず、ワタクシ、本当に心配しておりましたのよ？」

ゴゴゴ、という擬音が聞こえそうな迫力。なぜ怒ってるの？　勇者分かんない。

あと今の台詞は『監視を巻いて、予定外の行動を起こしやがって』の意味だな。

「なし崩し的に盗賊団退治と相成りまして。ご報告すべき点は多々ありますが」

「ええ」

「まずはご心配いただいた事に感謝を。そしてお喜び下さい。ゴーディー盗賊団の退治は、見事果たして参りました。彼らのアジトの場所も分かります」

「……まぁ！　それは素晴らしいですわ。流石はワタクシの勇者様です！」

と、アリシア王女が『勇者様の恋人のワタクシ』モードに切り替えた。

絶対、本心じゃないところが、俺の彼女の素敵なところなのさ！

「それで。彼女は何なのかしら？」

まるで、そちらが本題だとでも言いたげな温度差で、王女は問い詰めてきた。

盗賊団退治のことをもっと褒めてくれていいんだよ、マイハニー？

「彼女は、盗賊団のリーダーの娘です。実は、彼女を勇者のパーティーに入れるべきだと考えておりまして」

「…………」

そんな目で見ないでくれ、王女。興奮しちゃうじゃないか。

「……何をおっしゃっているのですか？」

「実はですね。【召喚者の加護】スキルが勝手に発動したのです」

「スキルが？」

ちなみにこれは偽りのスキル名だ。本当の第3スキルは【異世界転送術】。

日本へ帰る為の生命線。用済みとなった後の俺を不幸にする計画を立てている王女には明かす事が出来ないスキルだ。

「『召喚者の悪心(あくしん)によって装備は変更されました。外すには【王女の心の鍵】を解放してください』。そのように自分のステータスに表示されたのです」

もちろん、これは嘘なのだけど。

「……まぁ」

アリシア王女の目付きが鋭くなる。俺の言葉に反応したのだろう。

俺とアリシア王女が、偽りの恋人関係を築いている理由。

それが【王女の心の鍵】なるスキルロックだった。

この女、アリシアは勇者の俺を召喚する儀式において、能力制限を掛けていたのだ。

本来の勇者が持つスキルは全部で十個。だが、その内の七つもが封印(ロック)されていた。

第3スキルにもロックがある。それは転送のターゲットに俺自身を選べない事。

おそらく、制限さえなければ俺は自力で日本に帰る事が出来ていたのだ。

魔王討伐なんて俺の知った事じゃない。だって俺は勇者召喚に同意していなかった。

だから俺は、このスキルロック【王女の心の鍵】を外し、スキルを使って日本へ帰る事を最終目的としていた。では、どうやってロックを外すのか？　それは……アリシア王女の心を堕とす事。そして、既にいくつか成功例がある。

そのやり方は……エロい事だ！　俺とアリシアは互いに思惑を隠しながら、表面上だけは利害一致の恋人となった。ちなみにエッチはまだだが、際どい事はしている。ぐへへ。

「三つ目のスキル対象は、ワタクシだけの筈では？」

「はい。その筈なのですが……、その。どうも、これは彼女、ユーリをアリシア王女だと誤って認識してしまったが故に発動したようなのです」

「……ワタクシと？」

「はい。理由は詳しく分かりませんが、おそらく」

「彼女のどこがワタクシと似ているのか分かりませんわね」

似ているんだよなぁ亜人嫌いだし。あと悪女なところ。

「問題なのは、彼女が盗賊である事と、そして彼女がアリシア王女の代わりに拘束され、そして俺の支配下に置かれてしまった、という事です」

ピクリ、と。アリシア王女は眉根を寄せた。

「ワタクシの代わりに拘束、支配下とは？」

「はい。まず、ユーリは盗賊で悪人です。清廉潔白なアリシア王女とは違いますが、誤りで俺のスキルの対象になってしまいました。そして彼女の悪心に反応し、スキルが発動してしまった。例えばですが、それは『もしもアリシア王女が悪心を抱いていたら』発動していたスキル……という事かと思います。ある意味、スキルが成長したのかと」

アリシア王女は、指を曲げ、口元に当てて思案に耽る。

ユーリに起きた事は、自分にも起こり得る。そういう風に伝えているのだ。

まぁ、すべて嘘だけど。

「彼女の着ている【黒の拘束衣】は俺の意志で、その拘束を強めたり、弱めたり出来るようです。俺が彼女を支配下に置いている……と言って良いかと思います」

「……その装備を外す事は出来るという事ですの？」

「それが解除の方は、分からず。まず現状を報告してからと、彼女を連れてきました」

「……では、彼女を勇者パーティーに入れたい、というのは？」

「ユーリの親は盗賊団の頭。彼女は、これまで他に選べる人生がなかったのです。盗賊団と言えど、彼女だけは自分に危害を加えようとはしませんでした。ですから自分は、彼女を助ける意味があると思うのです」

どうだ。これぞ異世界召喚名物（テンプレ）！　盗賊団の男は皆殺しにするけど、何故か同じ罪状の女だけは救われる、だ！　うーん、絶対に盗賊の男側の立場になりたくない！

「……随分と彼女、ユーリさんにご執心な様子ですわね、勇者様？」

「え、そ、それは」と、思わせぶりに視線を逸らす。

「彼女が女性だから、そのようにおっしゃるの？　……ワタクシがいるのに」

まるで嫉妬しているように語る王女。内心では『盛りやがってオークが！』とか思っているに違いない。アリシア王女、そういうところあるよねー。

「ワタクシという女がいながら、そのような女などに……ひどいですわ、勇者様」

「ア、アリシア様。自分にとってアリシア様は特別です！」

「……本当ですの？」

「ええ！　貴方が、俺の一番の女性なのは間違いありません！」

「まぁ！　嬉しいわ、勇者様」

などと、アリシア王女とカップルっぽい事をやってみる。腹の内？　そんなの関係ねえ！

というか、惚れた演技をするのなら俺の名前ぐらいは呼ぼうね、王女様？

正式に恋人になったのに未だに名前で呼ばれてないぞ。『勇者様』で統一されている。

「勇者様。ワタクシが、この一週間、どれだけ心配したとお思いなのですか？」

「申し訳ございません、アリシア様。しかし自分のスキルが触れただけでアリシア様に害を為すやもと思えば、どうしても調べざるをえないと思い……」

「勇者様が、ワタクシに触れれば、そのような黒い衣装がワタクシに着せられると？」

「その事ですが。実はユーリがアリシア王女にだけ話したい事があるようで」

「ユーリさんが？」

「はい。どうも、あの。男には話せない内容らしく。二人で話せますか」

「……まぁ、安全面の問題はありませんわね。ユーリさん。二人の前では話せませんの」

「アンタになら話すわ。他の男の前では無理。察してくれると嬉しいけど。男と女の話が絡むわ。他の男やシノに聞かせる話じゃない。……シノの恋人だから話すのよ？」

「シノ？」

「彼の名前でしょ？　ま、偽名っぽいけど。そこはいいの。私だけの呼び方だし？」

　いや、別に子供達もシノって呼んでいたが？

「……はぁ。分かりましたわ。彼女と二人きりにしてちょうだい。ルイード」

「よろしいので？」

「ええ。勇者様と共に外に出ていてくださいまし。ワタクシが彼女と話しますわ」

　こうしてアリシア王女と女盗賊ユーリの、世紀の悪女対決が始まったのだった！


　王女がソファに座り、女盗賊ユーリは、その向かいのソファに座って対峙する。

　俺は騎士団長と共に応接室を出て、隣室で待機する事になった。騎士団長は王女の居る応接室のドアの前に控えている。俺への監視がザルだなぁ。ありがたいけど。

【異世界転送術（第３スキル）】の効果の一つ。ターゲットの姿を映し出し、監視する機能によって彼女達のやり取りを盗み見る事にした。覗き見・盗聴、し放題のスキルで助かるな。

「それで？　ユーリさん。ワタクシに話とは？」

「彼と寝たわ」

ユーリが初手でぶっ込んだ！　もうちょっとオブラートとかに包みません？

「……寝た、とは、つまり？」

「セックスしたのよ、彼と。……とっても情熱的にね？」

アリシア王女は、眉をひそめ、険しい顔を見せる。

「……チッ、あのオークが」

王女様？　本音が聞こえていますよ？　まぁ、これでこそアリシア王女だけど。

「何？」

「いえ。そうですか……」

アリシア王女は考え込むように曲げた指を口元に当てる。

「ごめんなさいねぇ。アンタみたいなのが居るとは思わなかったのよ。でもね、私のせいじゃないのよ。この服が原因なんだから、むしろアンタのせいよね？」

「はい？　ワタクシのせいですって？」

「そうよ。シノには詳しく話してなかったけど。この拘束衣ね。彼の傍で過ごして居ると、どんどん彼に抱かれたくて仕方なくなるの」

「はい？」

王女は、意味が分からないとばかりに首を傾げる。

「この【黒の拘束衣】ね。本当ならアンタが着る服だったんでしょう？　彼の力と、彼の欲望がこの服を作っているらしいわ。つまりはシノからアンタに対する欲望の形」

「……その服が、勇者様の欲望？」

「ええ、そう。アンタさ。彼にセックスさせてないんでしょ？」

「……何故、貴方にそんな事を言わないといけないのかしら？」

「そうじゃなきゃ、こんな服にならないでしょ？　アンタがヤらせてくれないから、彼の欲望を満たすような服になってるのよ。だからアンタのせいね」

そこで座っているユーリが足を組み替えた。

スリットがずれ、ユーリの下腹部が露わになる。チラリと見える下着は黒い。

「この服のあらゆる拘束がシノのアンタに向けた欲望。自分では服を脱ぐ事ができなくて、彼から離れる事も出来ないし、近くに居たら彼に興奮するの。つまり、彼の性奴隷にされる為の拘束衣なのよ。本来は、あんたが着るべきだったものなのよね？」

「……その服の効果については、さもありと思います。ええ、勇者様とは、そういう人物かもしれませんわね。で、離れられない、というのは？」

そこは否定しよう？　する要素がない？　あ、はい。

「自分の男が、他の女を抱いたっていうのに冷静ね？」

ユーリが彼に抱かれたマウントで王女を見下してみた。

しかし、その攻撃は王女に効かない！

「貴方は、勇者様に抱かれたと言いますが。それを苦しいとは思ってない様子ですわね？女同士ですもの。辛かったのであれば打ち明けてくださって構いませんわよ？」

「私が、そこらの村娘だったら泣きついたかもしれないわねー。でも悪くなかったわよ？ううん。むしろ彼とのセックスは気持ち良かったわ。変態チックだったけどね。ただ、私は女として満足してる。それに……愉快じゃない？　王女の彼氏と先に寝るなんて！　これからアンタがシノに抱かれても、アンタは二番目ってワケ！　あはは！」

アリシア王女が冷たい目で、笑うユーリを見る。

仮に俺と王女が想い合う恋人同士であったならば、これは酷い話だろう。

しかし、王女としては、市井の者ならばともかく、殺しても良さそうな女盗賊を勇者が抱いたところで『ああ、やっぱりね。あのオーク』と思うだけなのである。

「ワタクシを挑発してユーリさんが得をする事など無いと思いますわ」

「そうでもないわ。だって私、どうせ殺されてもおかしくない立場だもの。そうでしょ」

「……そうですわね」

「じゃあ、アンタに媚びたって、私の罪は変わらない。でも、ねぇ？　この服の謎についてアンタは知りたいんじゃないの？　明日はアンタが着ているかもしれない」

「何故、そう思いますの？」

「彼がやたらと『アリシア様にこの呪いの服を間違って着せてしまうかも』って言いなが

ら細かく調べていたからよ。つまり、この服を着せられてからの問題は、いつかはアンタに降りかかる。違う？」

「……ワタクシに降りかかる問題」

そう、アリシア王女にこういった服が装備されてもおかしくない。そう思って貰う。

「再度、尋ねますが……彼から離れられない、というのは？」

「私、一度シノから逃げようとしたのよ。隙を見てね。けど服がそれを許さなかった」

「服が？」

「何とかの呪い、とかいうのが勝手に発動したんだって。おばけとか、そういうのを出す奴。彼から逃げようとすると、呪われるらしいのよ」

「【因果応報の呪い】、ですわね？　勇者のスキルに関係していると」

「ああ、それよ。パパ達を殺した力ね。だから私は彼から逃げられなかったの」

「盗賊団を殺したスキル……どのようにですの？」

「オバケが沢山出てきて、パパ達にとり憑いたのよ。そうしたらパパ達は為す術もなく、やられていったわ。殺した人間が多い程に強くなる呪いだとかって言っていたわね」

「それほどに強力な力であったと？」

「そうなんじゃない？　彼一人で盗賊団を壊滅させたのよ？　勇者様っていうのは本当？　パパ達があっけなく殺されたのも納得ね！」

「そうですか」

王女は冷めた目のまま。ユーリ自身には興味が無い。スキルの強さを気にしている。

「ねぇ、王女様。シノを私にちょうだい？」

「……はい？」

「だって、アンタ、彼にヤらせてもないんでしょう？　それで男と女の関係って言われても困るじゃない？　だから勇者の恋人の座を譲りなさいよ」

王女が、この申し出を承認する必要性は無い。ユーリは別に殺しても良いからだ。

だが、俺との関係を殊更に拘り続けるには、王女の動機が不純すぎる。

最終的に勇者を不幸にできれば良いからな。勇者が、殺しても良いような女と想い合う関係になるのなら……。この先、王女が俺相手に身体を張る必要がなくなるという事。

使い捨てにしてもいい相手。王女にとって、これは利益なんだ。一考の余地はある筈。

「それにさ。アンタより、私の方が『女として』良い女でしょ？」

「……はい？」

ピキッと何かが割れた気がした。おお……。アリシア王女に挑発は効く？

「男なんてエロい事しか考えてないんだしさ。セックスできない女より、させてくれる女の方が良いに決まってるわ。勿論、あんたが彼に抱かれても、私の方が良いって言うでしょうけど？　あはは」

ユーリは完全に俺の彼女ムーブだが、俺達にそこまでの親密さは無い。
俺が指示した事とはいえ、よく言うな、ユーリ。
王女は、一人の女としては別に俺をユーリに譲っても良い心情だ。
ただ理由があって勇者と恋仲の立場を必要としている。
ユーリの処遇について、生かすも殺すもどちらもな面はある。しかし挑発された以上、
彼女はサディストなのだから、俺が指示したユーリの挑発に対して、予測できる反応は。
「ユーリさん？　貴方、ご自分の立場を分かっていらっしゃるのよね？」
「ええ」
「殺されても不思議ではない貴方が、ワタクシに恋人を寄越せとおっしゃるの？」
「そうよ。私は、彼の傍に居るわ。その間、アンタはこの服を調べればいいのよ。そして
セックスもさせないアンタに代わって、私が彼を慰めてあげるの。ほら、そうしたら皆に
良い事があるでしょう？　私も、王女の彼氏を奪って抱かせてるんだって考えたら、最高
に気分いいしさ。あはは！」
さて。十分に挑発したと思うが、王女も、そろそろ。
「……その拘束衣、随分と不自由そうだわ。そんな無様な姿をワタクシの前に晒しておい
て、よくもまぁ勝ち誇れるわね？」
来ました。キレてきたぞ。ワクワク。悪女同士の頂上決戦だ！

「この服はアンタ用でしょ。無様だなんて言っていいの？　シノはその気になったら同じ格好をアンタにさせられるって事でしょ？　いつかアンタ自身に返るわよ、その言葉」

「……そのようですわね」

「だから、この服を調べないといけないんじゃない？　他ならないアンタだけは。だから今すぐ私を殺す事はアンタには出来ないし、傍に置くしかない。違う？」

「チッ……」

アリシア王女が小さく舌打ちをする。ユーリに言わせた通りの筈だ。

拘束衣の調査が必要だから、すぐには殺せまい……というユーリの勝ち誇りだ。

……ただし、この場面でユーリに勝たせても俺に得は無い。

だって、俺の本命はアリシア王女の心なのだから。その目的についてユーリには教えていない。二人の戦いは、俺が得する形で終わらなければならない。

「その服は自分では脱げませんのね？」

「そうよ。シノが脱がそうとしてもダメだったわ。出来るのは、せいぜい露出を増やすぐらいね。他の特徴はいやらしい拘束っていうこと。彼からは逃げられなくなること」

「ワタクシを対象にした筈のスキルの効果拡張。それも勇者の願望の反映……」

「何だったら脱がせるか試してみなさいよ。シノも頑張ってたけど無理みたいね」

ユーリはリラックスしたようにソファにもたれかかった。ここまでは指示通り。

この先の展開はユーリに話していない。

俺の言う通りにすれば、王女公認で命が助かるようにすると話しただけだ。さて。


【感覚共有の腕輪】
1、【黒の拘束衣】の装備者、ユーリと身体の感覚を共有する。
2、感覚共有は『双方向』『一方通行』『痛覚のみ』『快感のみ』を設定選択できる。
3、設定操作は、アリシアのステータス画面で出来る。
4、一日に一度だけ『電撃』と唱えると、【黒の拘束衣】装備者に対して、電気ショックの苦痛を与える事が出来る。※ただし、後遺症が残らない軽度のもの。
5、ランクA

定番の、転送・帰還の際に光を放って存在を知らせる効果も追記。

メッセージで効果説明の他に『アリシア(召喚者)に眷属が与えられました』と添えておく。

アリシアにとってもユーリが支配下に置かれる状況を作り出すんだ。

ヒエラルキーを確立する。アリシアが上、ユーリが下だ。

あとは、タイミングを見て……。【異世界転送術(第3スキル)】、発動。

「きゃっ！」

突然の出来事に驚く二人。スキルによって王女の腕には、金の腕輪が装着されていた。

「これは……」

「な、なによ、それ」

アリシア王女は、おそらくステータス画面を確認している。

ステータスは他人には見えないが、王女が空中の何かを操作し始めた。

メッセージを受け取ったな。さっきまでの怒りの表情が収まり、ニヤリとする王女。

「……ねぇ、ユーリさん？」

「な、何よ」

王女は、自らの頬を、つつーっと引っ掻いてみる。

「んっ……。な、何？　今の？」

「今、頬に何か触れたように感じましたの？」

「は？　そ、そうだけど……」

「……ふふふ」

王女は、尚も空中を弄り、そして今度はユーリに近付いて、彼女の頬に触れた。

「なに？　何なのよ！」

「まぁ。これは。ふふ。あらあら」

ニタァ、と王女が悪笑い。お、おお……。アリシア王女の完全な悪役顔は、案外初めて見たんじゃないか？　あんな風に笑えるのか。いつか将来、魔王を倒した後で俺が見る顔がアレなのかね。王女の魅力的な部分が出ちゃってるなー（棒）。

「――『電撃』」

さっそくだった。一切の躊躇はない。

「は？　……あぎゃぎゃああああ！」

ユーリは、品もなく叫び声を上げる。アリシア王女、容赦せん。

叫び声を聞いたルイード騎士団長は、ドア越しに話しかける。

「アリシア様！　何か問題が!?」

「いいえ！　ルイード、まだ待機でいいわ！　あはは！」

王女様、ご機嫌モードに突入。うんうん。プレゼントをお気に召したようだった。

恋人が喜んでくれるプレゼントを贈れて何よりだなぁ！

「なぁ、なん……」

「うふふ。ユーリさん？　貴方、これからワタクシに逆らえないみたい」

「は、はぁ……？」

ぐったりしたユーリ。それでも立ち直りが早いのは、電気ショックが弱めという事か。

「見えるかしら。感覚はある？」

「くっ……！」

ユーリの感覚が戻るのをアリシア王女は、笑いながら待った。

「ほら、ユーリさん。今、ワタクシの腕をひっかいてみるわね」

「……？」

つーっと、王女は自らの肌に爪を立てる。自分も痛むというのに、よくやるね。

「っ……な、何？　何これ？」

「痛い？　この腕輪。ワタクシが受けた痛みを、貴方も味わう事に出来る腕輪よ」

「なっ……どういう……」

「これじゃあ分かりにくいわね。あまり自分を傷つけたくないのだけれど」

アリシア王女は、そう言いつつ、ユーリの足を露出させる。

「綺麗な足ね、ユーリさん。これならどうかしら？」

アリシア王女は机の上にあったペーパーナイフを手に取り、長めのスカートをたくし上げた。……おお。たくし上げ！　王女の下着も見えるぞ。サービスがいい！

そして自分の足にナイフを軽く滑らせ、赤い線が滲む。軽い傷とはいえ、そこまで。

「痛っ……えっ!?　なんで!?」

「あら。やはり、そうなるのね？」

ユーリの方の足にも、まったく同じ場所に、まったく同じ傷が付けられた。

……アリシア王女って、人を虐める為だったら、自分を傷つけるのも辞さないよな。

S6：M4って感じか？　S寄りなだけでどっちもいける口？

「ワタクシが受けた痛みは、貴方の痛みに。そして貴方が受けた痛みは」

そうして王女が、今度はユーリの反対側の足に、ナイフを滑らせた。

ユーリは咄嗟の事で抵抗も出来ない。電気ショックも抜けてないのだろう。

「痛っ！」

「そのまま貴方だけの痛みになるみたい。うふふ。あはは」

「なっ……・・・・」

アリシア王女は、俺の与えた腕輪の設定を即座に使いこなし始める。理解が早いな。

「それにさっきみたいに雷にうたれたような痛みを貴方に与える事もできるみたいなの」

「なっ、なん、なんで」

「この腕輪と、その【黒の拘束衣】がそういう機能を持つみたいなの。やっぱり、勇者様の三つ目のスキルはワタクシの為にあるスキルみたいねぇ？」

「あ、アンタの為に？」

「うふふ。どうしましょうか？　貴方がワタクシに逆らおうとしても、ワタクシの痛みは貴方も傷つけてしまうわ。ああ、ワタクシに何かあって死ぬような目に遭ったら、貴方も死ぬ程の傷を負うということ？　あらあら。ユーリさん、貴方これからどうするの？」

ユーリは王女を傷つけられない。傷つけては自分も傷ついてしまう。

痛みを覚悟で、という態度も取れるが、更にアリシア王女には電撃付与の権限まである。

アリシア王女と女盗賊ユーリの間には、これで確かな上下関係が生まれた。

王女様は、圧倒的に優位な立場を得て、嗜虐心を満たしている。

ユーリに挑発させた甲斐があるな。王女的には、生意気女にざまぁ系になるか。

「ふふふ。分かりましたわ、ユーリさん。貴方の申し入れ、聞き届けてさしあげますわ。ワタクシと勇者様と共に過ごす権利を与えますわよ。どうか、ワタクシと勇者様の傍にいつもお控えくださいな。そして貴方は身を呈してワタクシを守るのよ。でなければワタクシの傷は貴方の傷。ワタクシの死は、貴方の死となってしまうのだから」

「な……！」

「勇者様との関係も。ええ。正直に告白したのだし、認めて差し上げましてよ？」

「は……？」

「そう、それも面白そうだわ。色々と。……ええ、楽しめそう。うふふ」

こうしてアリシア王女は、与えられた玩具を傍に置く事に決めたのだった。

「勇者様、事情は彼女から改めて聞きましたわ」

一体どんな話をしたんだろう？　勇者分かんなーい。

「それについて話す事があるようですわね。ルイード」

「はっ」

「ワタクシ、これから勇者様達と一緒に過ごしますわ。誰にも邪魔させないように」

「……はっ」

王女様は、ムカついたユーリに完全優位な立場に立った事で、ご機嫌だ。

ちなみにユーリは、また口枷を嵌められている。王女がそうしたらしい。

用意された寝室に三人で向かう。

「ユーリさんは、そこにお座りください」

「アリシア様？　彼女を床に座らせる必要は、」

「勇者様」

「・・・」

ピシャリ、という感じで俺の弁明は遮られた。不貞を働いたのは俺だからなぁ。

ここは下手に回って、王女を満たすサービスタイムだ。

「ワタクシが言った通りになさいますわよね？」

「はい、アリシア様」

「よろしくてよ。では、ユーリさんは、そこの床に座ってくださいまし。ええ。ワタクシ達を見ていてくだされば良いですわ」

ちなみにだが。王女様は、さっきの装備によって、また発情中である。俺がそうした。

「勇者様は酷い方ですわ。このような身体のワタクシを一週間も放置しておいて、ユーリさんとも関係を持つだなんて」

「も、申し訳ございません、アリシア様」

「ええ。ですが、ワタクシも勇者様のお気持ちを考えてはいませんでした」

そう言いながらベッドの上に俺は導かれる。色めかしい。本当に俺のこと嫌いなの？

「たしかに勇者様には我慢を強いていたかもしれませんわ。ですがワタクシは一国の王女なのです。交わるのは、やはり、手順を踏まえた上であって欲しいのです」

「はい……」

「ですので。ユーリさんもそう望んでいるようですし。これからもユーリさんには、勇者様やワタクシと共に過ごして貰うのも悪くはないと思いましたの」

「アリシア様。では、彼女の罪は不問に？」

「……ええ。ユーリさんには、そうですわね。あの謎の衣服についての調査への協力と、勇者様をワタクシの代わりにお慰めする役。そしてワタクシ達の護衛の役を担って貰う事で、盗賊として犯してきた罪を問わない事に致しますわ」

「おお……！　良かったな、ユーリ！」

「むぐぅ……！」

ジト目のユーリ。不満そう。ていうか、そういうの、王女の独断で済む世界なんだな。なら逆パターンの冤罪も？　やはり冤罪エンドが俺の未来か？

「ですが！」

「は、はい」

「……それとは、別にワタクシも女ですの、勇者様」

そうですね。もちろん。知っていますし、もっと知りたいです。

「勇者様はワタクシの事を想っていてくださったみたいですが、それでもユーリさんに手を出された」

「……面目ありません」

「良いんですのよ。ワタクシ達の関係で、我慢を強いてしまった負い目がワタクシにもございますわ。だからこそ、この提案をしているのですから。ただ、勇者様」

「はい」

「それでも、勇者様の一番の女はワタクシであって欲しいの」

「アリシア様……」

潤んだ瞳を俺に向け、身体を密着させてくる王女、アリシア。

「これからも、そうであって欲しいのです、勇者様」

「……勿論です、アリシア様。俺の一番は、いつもアリシア様ですよ」

「本当に？」

「ええ、本当に」

キミは、目下の優先事項のナンバーワンさ！　色々な意味で！

「でしたら、いつものようにワタクシを慰めてくださいませ。ユーリさんの目の前で」

「か、彼女が見ている前でですか？」

「ええ、そうですわ」

特殊性癖かな？　本番はＮＧとはいえ、ユーリへのマウントをしたいらしい。

「一週間近くも恋人のワタクシを待たせたのです。ですから、いつもよりも情熱的に」

勿論だとも。というワケで俺の方もユーリの前だからと躊躇せず、王女を抱き寄せた。

彼女の唇に熱くキスをする。そして舌も入れて。

「んっ……」

「むぐ!?」

そうすると、ユーリの方からも驚きの声が上がった。貪るように王女とのキスを味わう。

時間を掛けたキス。……一息を入れたところで、王女の目線はユーリへと向いた。

「むっ、むぅぅ……」

口枷・手枷で身動きが取れないユーリは、口内を犯された感覚で混乱した様子だ。

「ふふふ……」

アリシア王女は満足そうに女盗賊ユーリを見下す。

「アリシア様」

「ええ、勇者様、来て……」

情熱的にという要望なので、身体を強く抱き寄せ、胸をすぐに揉み始める。

王女が感じやすいように、初めは優しく、徐々に激しく……。

「んっ、んっ……」

「むぅぅ……！」

王女とユーリの種類の違う戸惑いの声が聞こえた。俺は王女の股間へと手を伸ばす。

「んっ！」

「ふむぅ……！」

王女は、陰核への刺激に一際強く反応。前より反応が良い？

「はっ、んっ」

「むぅ、むぅぅ」

そのまま胸や性器への刺激を続け、王女の下着を少し下げてやる。下着越しに触れて。

「あっ、んっ！　ゆ、勇者様……」

「はい、アリシア様」

「はっ、んっ、い、以前よりも……気持ちが良い、ですわね……？」

「はい？」

え、リップサービスかな。この王女が？　あっ、もしかして【レベリング】の影響？

ユーリを相手にした事で『性的技能』がレベルアップしたのだろうか。

「はっ、あっ、あっ、……んっ」

王女の顔が赤く染まり始める。うん。気分の上がり方が早い気がする。

これは……良いな。ヤればヤる程、女を気持ちよく出来るって事じゃないか。

「はぁ、ぁん、ぁっ、あっ、あっ！」

「ふむぅ、ふむっ、んんっ！　んんっ！」

アリシア王女を責めて昂ぶらせる程、何も手を触れていないユーリまで感じ始め、さらに太ももをすり合わせている。二人の女を同時に愛撫する優越感が俺を満たしていく。

早く、アリシア王女をイカせるとするか。王女がユーリに言いたい台詞は分かる。

「あっ、あっ、あっ、ぁあん！　あっ、気持ちいい、ですわ……！　勇者様っ」

王女がどんどん気分を出し始める。キスを何度も繰り返した。

思えばアリシア王女も、俺との行為に抵抗がなくなったものだな。

いつか本番をする時は、王女の人生の中で最高の快感になるようにしてやりたい。

「あっ、あっ、勇者様。もう、もう……！」

「イって下さい、アリシア様。俺の手で。恥ずかしがらずに」

「あっ、だめっ、だめっ……」

俺は、彼女の愛撫を激しくし、その身体を強く抱き寄せる。

内心では俺のことを嫌いな筈な王女は、感じるままに俺に身体を預けてきた。

……良い匂いがする。女としては良い女なんだよな。

もっと。もっと彼女を俺のモノにしたい。そう、心から。

「あっ、あっ！　だめっ、だめっ、イきます、ああっ！」

そして、王女は限界を迎える。俺の指の動きに合わせて。

「イくっ、イく、イクぅ……！」

「ふむぅ、ふむっ、むぐっ、むぅぅぅ、むっ、んっんぅぅ！」

王女の絶頂に合わせるように……ユーリも昂ぶり、声を荒らげた。

ユーリの方は口枷付きなので、より苦しいだろう。二人は俺の手により絶頂した。

「はっ、はぁ、はぁっ……」

「むぅぅ……ふぅぅ……ふぅぅ……」

ビクビクと小刻みに震え、絶頂の余韻に浸るアリシア王女。

「はぁ……はぁ。はぁ……」

熱い吐息が俺の腕にかかる。脱力してしまっているのか、俺に身を委ねて。

……可愛いなぁ、おい。分かっているのかな？

俺の手で果てたこと。それは女としては、かなりのものを捧げている筈なのに。

「はぁ……、んっ」

最後にビクン！　と小さく身体を跳ねさせて、アリシア王女は行為を終わらせた。

ひとしきり余韻を楽しんだ王女が、俺からゆっくり離れて、ユーリの前に立つ。

「あらあら、ユーリさん。貴方、まさか。見ているだけで感じちゃったの？　見ていて、興奮するだけならともかく。ふふふ！　貴方、とんだ変態だったのねぇ？」

と、アリシア王女はすこぶる満足そうにユーリを嘲笑した。

「あはは！」

うんうん。恋人が色々な満足感を得てくれたみたいで何よりだなぁ。

俺、最高に彼女を満足させてあげられる、良い彼氏なのでは？

「ふっ……むぅぅ……」

ユーリは、一方的に与えられた絶頂の余韻に浸りながら、悔しそうで、恥ずかしそうな涙目で見上げるしかなかった。見下すアリシア王女と、見上げる女盗賊ユーリ。

悪女対決は、王女の勝利だ！

3話　勇者の必殺技

俺は、王女たちに連れられて王城からずいぶんと離れた場所を進んでいた。

盗賊団のアジト付近の村や、亜人の村からも離れた土地。

森の多い国で、街道は石畳で整備されているところから、石がどけられただけの土の道もある。今は土で整えられた街道を、馬車に乗せられて次の街へと移動しているところだ。

「メイリア様は王国でも有数の魔術師ですのよ」

「……その女性が、俺の魔法の先生になってくれるんですね」

盗賊団が誘拐の依頼を受けたのも彼女だったりする。王女達はそれを知らない。

「彼女は別荘地へ向かったらしいんですの。話ならば、そちらでと返事が来ましたわ」

「別荘地？」

まだ異世界慣れしていない俺にとって、別荘と聞いても良さが分からない。

目的地を決めるのは俺ではない。アリシア王女だし、彼女が行くなら行くだけだな。

「さっそく向かいますが、勇者様。また道中でも戦闘をこなして頂きますわね？」

ニコリ、と。王女様は笑った。当たり前のように。

「ユーリさんも。貴方が戦闘行動でも使えるかどうか、見せて貰いますわ。ふふ」

　クソ王女め。やっぱり勇者をただの道具と思っているのだった。

「はぁ！」

　モンスターを相手に俺は【反撃の剣（つるぎ）】を振るう。ユーリも一緒に戦闘中だ。

　俺、篠原（しのはら）シンタが今、使える勇者のスキルは五つある。

【人物紹介（第1スキル）】【完全カウンター（第2スキル）】【異世界転送術（第3スキル）】【レベリング（第4スキル）】【因果応報の呪い（第6スキル）】。

　王女にロックされているスキルは残り五つ。第5スキルが飛ばされて解放された辺り、やはり本来は十種のスキルを持って召喚される筈で、それを王女に隠されている状態だ。

　第3スキルの真価は王女に隠している。第6スキルは、使える相手が限定される。

　つまり【レベリング（第4スキル）】による身体能力や、技能の向上で通常戦闘をこなし、攻撃技としては、【完全カウンター（第2スキル）】によるカウンター攻撃しかないという事。

「でりゃあ！」

　……割としんどくない？　第4スキルの強化値が、あんまり実感できないんだよな。

　地道な強化、それとも現実的な強化と言うべきなのか。防御も回避も自力でしかない。

スキルがあっても『チートで最強！』とは、とても言い難いのが俺という勇者だ。

「はっ、はっ、はぁ……！」

体力も尽きる。返り血も浴びる。スキルで倒してやろうにもカウンター技な為、相手の攻撃を受けてからでないと、技の為のエネルギーが発生しない。

「くっ！」

スキル効果で、俺が受けた傷は、勝手に再生する事が分かっている。だが、……怖い！怪我を負うんだ。怖くないワケがない。

結局、相手の攻撃を見極めるのも自力であり、カウンタースタイルなんて、達人だけがする戦闘手段だろ。クソ性能では？

「よっしゃ、一匹ぃ！」

「……ようやくですわね」

冷めた表情の俺の彼女！　なんかいきなり強くなってるんだよ、モンスターが！

王城の近くの森に出て来る敵は、雑魚ばっかりだったのになぁ。やっぱり初期位置に出てくるモンスターは弱いとかいうお約束(テンプレ)だったワケ？

……この世界における魔王は【即死魔法】を使うらしい。

その為、対抗手段を持たない者は、どんな手練れであっても意味を為さない。

デス一発で即死のゲームオーバー。だからこそその勇者なのだ。

今、アリシア王女の隣に控えている騎士団長、ルイード＝クラナスも実力ならば俺よりも遥かに上の騎士だ。その彼が魔王討伐をせず、わざわざ異世界から勇者を召喚した理由が【即死魔法】対策の為。俺の第2スキルは、本来その為にある。

……要するにこのスキルって『強力な魔法を反射するスキル』なんだよな。

魔法を使わないモンスター戦や、騎士団長のような物理系の相手では相性最悪なんだ。

反面、魔王が相手であればワンチャンあると思える。

だって、魔王の前まで行って【即死魔法】をカウンター！　で、終了かもだし。

今の実力だと、その魔王の前まで行く事すら叶わないのが問題なんだが。

「──水球（すいきゅう）！」

女盗賊ユーリが、俺の後方から水魔法を放つ。文字通り、水の塊を撃ち出す魔法だ。

うん。魔法攻撃が出来る分、今の俺よりも、まだユーリの方が強そう。

俺も魔法、早く使いたいなぁ。武器への付与（エンチャント）とか出来るかな？　炎を纏う剣！　とかさ。

「とりあえず俺が前衛で、ユーリが後衛。一人で戦闘するよりは効率が良くなったな」

「……及第点ですわ」

アリシア王女は、まだ不満らしい。もっともっと？　そういうのは夜だけにしてくれ。

「……勇者様の国では、妻を何人も娶りますの？」

休憩中。アリシア王女は、ぶっ込んできた。何だ？

「ユーリさんを侍らせる事に、あまりにも堂々としていらっしゃいますから。ワタクシの前で悪びれず。ですので、貴方にとって当然の事なのかと」

「あー……」

ユーリは、休憩中も、しれっと俺の背中を背もたれにして座っていた。

まるで、そこが自分の居場所かのようだ。ちょっと可愛く感じる。

男はスキンシップに弱いのだ。ユーリは初めての相手だしね！

「俺の国では、一人の夫が、妻を娶る人数は……三人までですね！」

もちろんながら嘘だけど。俺の出身国は、間違いなく、現代日本なのである。

「三人……」

「はい。そう言われれば、制度的にも、王国とは違うのでしたか」

「そうですわね。まぁ、男の王族であれば第二王妃などを迎える事もありますわ」

そこは、やっぱり王族だもんな。貴族もそうなのだろうか。

「女の立場は決まっておりますの？　第一夫人や正妻、それ以下といった具合に」

……うーん。どうだろ。現実の一夫多妻制って、ただのハーレムじゃないよな？

「そうですね。正妻と、それ以外とで序列があります」

嘘に嘘を重ねていくスタイル！　この俺の脳内設定、後のテストに出ますよ！

「……そうですの。では、勇者様にとってワタクシが一番の立場。ユーリさんが二番、でよろしいですのね？」

「はい。異論はありません。アリシア王女が、俺の一番ですよ」

「ふふふ。嬉しいわ」

「あはは」

「…………はぁ」

顔だけ笑顔を浮かべる俺と王女。ユーリは何故か、呆れた態度で沈黙している。

さて。三人の妻を娶るのが常識で普通、という俺の設定。

ひとまずアリシア王女は流してくれたが、この選択が吉と出るか、凶と出るか！

「……シノさぁ」

女盗賊ユーリさんが、なぜか俺の態度に、心底呆れたような声を漏らすのだった。

休憩や野営を挟みつつ、騎士団長の先導で、モンスター達との戦闘を続けて進んだ。

俺という勇者は、戦えば戦う程に強くなる。ちょっとずつ。それが分かっているから、アリシア王女の方針も、俺に戦闘回数をこなさせる事なのだろうが……。

『ウォオオオオオオッ！』

「うわっ！」

……俺達は、エンカウントしてはいけないモンスターに遭遇した。

「……オークですわ！」

「オーク！」

筋骨隆々、人間のサイズではない巨人！　一匹のサイズが2メートルを超えていて、肌は青色！　体毛は濃く、見るからに硬そう、そして力がありそうなモンスター！

「おいおいおい！」

アリシア王女的には『オーク対決ですわね！』とか言っちゃう奴？　言ってる場合か！

「シノ！　水球！」

ユーリが牽制で水魔法を一撃放つ。だが、オークには効いていない！

魔法耐性？　それともユーリの魔力の問題？

『ォオオオオッ！』

「どぅわっ！」

巨体から繰り出される拳を、必死になって避ける俺！　風を切る衝撃だけで身体が吹っ飛びそうになる！　殴られた地面が、ボコリと陥没し、そのパワーが尋常でないと示した。

……絶対、今の俺じゃ勝てないヤツ！

「き、騎士団長！」

俺は、慌ててヘルプを求める。

今の俺じゃどうにもならないピンチの時は、当然助けてくれる筈。

……そう、俺は思っていた。

「……助けねぇぜ？　勇者様よ」

「はぁ？」

「その程度のモンスター。倒せなくて何が勇者だよ。それにお前、盗賊団を一人で倒してきたんだろ？　なら、これぐらいのモンスター一匹倒して見せろ」

ちょっ……待て待て。盗賊団を倒せたのは、隠れて【異世界転送術(チート)】を使ったからだ！

そして、あれが対人戦だったからだ！　強いモンスターを相手に通じる戦法じゃない！

「アリシア王女！」

「……ルイードの言う通りですわ、勇者様。その実力、ワタクシに見せて下さいまし」

ぐぁあ！　このクソ女とクソ騎士！　安全地帯で高見の見物を決め込んでやがる！

「ユーリさんと一緒に戦ってよろしいですわよ？　それでどうにかして下さる？」

「くっ！」

気分は、まるで剣闘士。見物人であるアリシア王女だけが安全で、俺達は命懸けで戦闘をこなすしかない。せめての救いは敵が一匹な点と共闘メンバーが居る事ぐらい。

「シノ！　どうするの!?」

「くそっ！」

ユーリを前衛には出来ない。ターゲットが彼女に移った時点でバランスが崩壊する。

「ユーリは離れて魔法でサポートしてくれ！」

「わ、分かったわ！」

だから、彼女のサポートを受けつつ、何とか俺がオークの攻撃を凌がないといけない。

『オオオオオッ！』

盗賊団のボスとは異なる迫力。圧倒的に迫る死の予感。窮地だからとて力が覚醒するワケもなく、俺は必死に立ち回る。……攻撃に移行できない。避けるので精一杯だ。

「くそっ！」

どうする。ユーリの魔法は、こいつの体力を削れているのか？

彼女の魔法で倒せるにしても、それまで俺の体力は保つのか。

『オオオオオオオオオッ！』

……無理だ。もたない。この戦闘スタイルを継続しても、力尽きるのは俺達だ。

「クソがっ！」

ギリ、と俺は【反撃の剣】を強く握り締めた。勝機は、これしかない。

今、俺に出来る最適解。見誤れば、敵の攻撃を喰らって死ぬだけ。

「マジ、カウンタースキルは、異世界初心者に向いてない！」

剣道の達人でも召喚しておけよ、アリシア王女！　どうして俺なんだ！

俺は、半ばヤケクソ気味にオークに向かって突進した。守るべきは、頭部と心臓！

それ以外を手酷くやられたとしても……俺のスキルが自己再生してくれる！

握り締めた剣だけを手放さず！　……盾が欲しいなぁ！

『オオオオオオオッ!!』

「ぐぎゃ！」

……そして、俺はオークの拳を両腕で受け止めた。潰れた。折れた。ひしゃげた。

ただ、心臓は動いていて、頭も潰されずに済んだ。だから。

「ぁあああああッ！」

激痛が思考を飛ばしそうになるのを、必死に繋ぎ止める。反撃しなければ死ぬのだ。

第2スキル【完全カウンター】が俺の両腕の傷を再生し、受け止めたエネルギーが剣に伝播する。正当防衛であれ、初めて人を殺した時と同じように力が生じる。

「第2スキル発動！」

握り締めた剣の刀身が光り始めた。それを下から切り上げるように。

「――カウンター・スラッシュ！」

光の剣閃。スキルだけでなく魔道具としての【反撃の剣】の力も借りて、オークの身体を深く傷つけた！

『ギャオ、オ……』

拙い。あまりにも拙いし、不格好な戦闘。それでも。

青肌のオークは、顔と胸部を深く切り裂かれ、大量の血液を噴き出しながら倒れた。

「はぁ、はぁ、はぁ……！」

やった。やったぞ。倒した。俺の力で、こんなデカいヤツを！

「痛ぇっ……！　くそ、ああ、最悪だ」

両腕に残る激痛の感覚。でも、スキルのお陰で身体が再生し始めていた。

それでも痛いものは痛い。思い描いたような理想の戦闘ではなかった。

泥臭い勝利だ。彼女の前だからって格好つける余裕もない。そう、余裕のない勝利。

……だと、いうのに。

『オオオオオオオオオオオッ!!』

「なっ？」

もう、一匹。さっき倒したのと、ほとんど変わらない大きさのオークが現れた。

「シノ！」

そりゃないだろ。連戦？　今のを？　またあの激痛を味わえってのか。

逃げ出したくなってきた。こんな調子で魔王討伐？　出来るワケがない！

「騎士団長！」

「……だから、手助けしねぇってんだろ」

あっそ！　知ってたよ！　お前ら、ホントは俺なんかどうでもいいんだもんな！

「クソが！」

やるしかないのだ。もう一度。あの痛みを乗り越えて。死地を乗り越えて。

これから先も生きていく為に！　俺は、また再び、覚悟を持って踏み出した。

……その時。

「――岩石の棘（ストーン・ニードル）。――炎の矢（ファイヤ・アロー）」

横から放たれた魔法によって……いとも容易く。二匹目のオークは倒された。

「大丈夫ですか？」

……そこには、一人の女が。青い髪の女魔術師が立っていた。

4話　メイリア＝ユーミシリア

「皆さん、大丈夫そう……ああ、貴方は怪我をしていますね？」

現れたのは、青い髪の女魔術師だった。アリシアやユーリに匹敵する程の美女。

ウェーブがかった髪の毛は、彼女の胸元まで伸びていて、そして、その色が青色だ。

瞳の色も青。日本人な俺基準だと、どう考えたって派手目な髪色なのに違和感なんて、まったくない。とても自然に青い髪の毛をしている。まさしく異世界人って感じだった。

「腕をこちらに見せて下さいね。私が治して差し上げます」

「え、あ、ありがとう？」

現れた青い髪の女に皆が驚いている間に、彼女は俺の傍にやって来る。そして。

「――治癒(ヒーリング)」

「おお……？」

回復魔法か！　あるんだなぁ、この世界。ちょっと感動する。

「あら？　もう治っていますね？　今、魔法を使われたようには思えませんでしたが」

「ああ、これは俺の特異体質で」

【完全カウンター（第2スキル）】は、攻撃を受けたダメージ分を、俺の攻撃エネルギーに変換する。

それは、この世界では闘気（とうき）、またはオーラと呼ばれる力だ。さっき俺が使ったカウンター・スラッシュの光の正体がコレ。この一連の過程で俺の負傷は自動回復する。そんなスキルだった。

「なんにせよ、ありがとうございます。助かりました」

「いえ。アレの相手は大変だったでしょう。特別強くなった個体（オーク）でしたから」

特別に強くなった？　元々、この地方のモンスターが強力なんじゃないのだろうか。

「……ユーミシリア侯爵令嬢、メイリア様ですわね？」

「あら。貴方は。もしや？　アリシア王女様ですか？」

何だって？　まさか、この女が噂の？　俺は、改めて目の前の女魔術師に目を向けた。

そして【人物紹介（第1スキル）】を発動する。

◆メイリア＝ユーミシリア
性別：女
年齢：20歳
プロフィール：
『ユーミシリア領の領主の娘。優れた魔術師。魔法の研究者。

魔法の研究も兼ねた人体実験をしており、亜人をモルモットとして利用している。
魔王対策の研究家でもあり、優秀。女好き』
悪行：
『捕まえさせた亜人をモルモットにした実験を行ってきた』
『盗賊団と繋がり、亜人の誘拐を依頼していた』
『魔王の因子を亜人の子供に植え付け、獣に変えた』

……おいおいおい。マジで言ってんのか？　これ。

プロフィールに書かれている事も、悪行として表記されているものもヤバ過ぎる。

二つ目の悪行は知っている。だが、一つ目と三つ目……。

人体実験。そして、亜人の子供を獣に変えた？　冗談じゃない。

俺は、眉間に皺を寄せて彼女を見る。すると女魔術師は、何を勘違いしたか、微笑みかけてきた。……綺麗系だね。あと胸が大きい。いや、そうじゃなくて！

「ええ。ワタクシが、クスラの第二王女。アリシア＝フェルト＝クスラですわ」

「まぁ！　良かった。合流できましたね。こちらで話したいと返事をさせましたが、この地域は危険なので、一緒に行きたいと考えていたのです」

「……危険、ですの？」

「ええ。先程のオークもそうですが、この一帯には、強めの魔物達を集めていますので」

「はぁ？　なんでそんな？」

え？　まさか、さっきのオークが王城周辺の魔物達より強力だったのって、彼女の実験のせいなのか？　つまり、俺があんなに痛い思いしたのも、こいつのせい！

「領民を守る為ですね。魔物避けと魔物寄せで、この辺りに引き付けて……聖国の文化は知っていますか？　あちらの思想を取り入れてみているのですよ」

知らん。聖国ってのは、聖女様がいるらしい国だ。

「知らないです」

「……そうですね。まぁ、領民から魔物を遠ざけているのです。それから私の戦闘相手になります。定期的に駆除していれば問題になりませんからね」

……要するに、俺達が通っていた場所は『熊出没注意！』的な危険区画だった？

おい、アリシア王女とルイード騎士団長。それ知ってて、ここに来たのかよ！

「近くに他の魔物の気配もなさそうですし。私が来たので、もう心配ありませんよ」

心配だったのは俺とユーリだけですけどね！

「まぁ、良いですわ。メイリア様。貴方に話があって来ましたの」

「はい。手紙は見ています。……察するに」

女魔術師メイリアは、俺達を順番に見回した後、俺に目を留めて、また微笑んだ。

「勇者パーティーとなるメンバーの勧誘。そういう事でよろしいですか？」

「……流石は、侯爵令嬢ですわね。まだ噂は広めておりませんのに」

「では、やはり王家は既に【勇者召喚】の儀式を終えていると」

「ええ。そうですわ。紹介しますわね。彼が……えっと、……勇者様ですわ！」

おいコラ、王女。俺の名前、忘れてるだろ、マイハニー！　恋人になったくせに。

……わざとやっているのか？　正直、アリシア王女って、そんなに頭悪くないだろ。

「はじめまして。メイリアさん。俺、篠原(しのはら)シンタって言います。駆け出し勇者です」

「はい。はじめまして、勇者様。メイリア＝ユーミシリアです。ご覧になったように魔法を使う者、魔術師です。よろしくお願いしますね？」

女魔術師メイリア。表向きの人当たりは良さそうな感じだ。

……初手も俺を助けてくれたしなぁ。悪行と行動にギャップを感じる。

彼女の悪行について考えた。……かなり際どいが『人殺し』だけはしていないな？

女盗賊ユーリには『殺害』の悪行があった事を考えると、セーフと考えるべきか否か。

勇者の第6スキル【因果応報の呪い】は相手がそれまでに殺してきた死者の魂を呼び出し、その負の感情をエネルギーにして対象にスリップダメージを与えるスキルだ。

【即死魔法】なんてものを振り撒く魔王にこそ有効な攻撃スキルとなっている。

このスキルを対人で使う場合、相手は人殺しでなければ意味がない。つまり、女魔術師メイリアがどれだけの悪人であっても人殺しでないから使えないスキルってワケだ。

「そちらのお二人は？」

「はじめましてですね、侯爵令嬢。王侯騎士団。団長。ルイード＝クラナスです」

ルイード騎士団長が頭を下げた。……爵位のある国だし。立場は彼女の方が上か？

「………………」

「ユーリ？」

「……私が名乗る意味、あんの？　シノ」

やけに不満そうなユーリ。盗賊団は、この女に利用されてたんだよな。

彼女の方はユーリに対して反応がない。知らないのか？

直接、関わっていたのはユーリの父ユーライだろう。女魔術師本人は彼との交渉などには出てきていない可能性がある。なんたって貴族令嬢らしいし。

「彼女の名前はユーリ。ユーリ＝ゴーディー。元・女盗賊。現・勇者パーティーです」

「……ゴーディー？」

「ええ。何か知っていますか？」

亜人の誘拐とか。

「さぁ。私の領地では、盗賊団は活動していませんので」

おう。しらばっくれやがる。そりゃ王女の前で自白はしないだろうがな。

「メイリア様。ワタクシ達、その盗賊団に奪われたという大量の魔石を取り戻しましたのよ？　調べれば、元はユーミシリア侯爵が運ばせていた品であったとか」

「……まぁ！　本当ですか？　それは、感謝いたします。アリシア様」

取り戻したのは俺ですけどね！　そこのとこヨロシク！　あと盗んだ側がユーリです。

ちなみに彼女は、盗賊団と裏取引していた筈なので、魔石を取り戻された事は嬉しくない筈である。連れて来られる予定の亜人の子供達も俺が解放してやったしな！　ざまぁ！

「だからというワケではありませんが、メイリア様には頼みがありましてよ」

「ええ。アリシア王女様。なんでしょうか？」

「はい。一つは……おっしゃられたように勇者パーティーへの参加ですわ」

「……察しております。勇者と共に旅立つは貴族の誉れ。大変な名誉と感じていますよ」

貴族の誉れなの？　貴族令嬢でも勇者についてくる文化？　何か歴史があるのかな。

「もう一つは、勇者様に【魔法修得】の儀式を施していただきたいんですの。そして彼に魔法の使い方を教えていただきたいですわ」

この世界では魔法を覚えるのに、修練ではなく儀式が必要らしい。

儀式を済ませていなければ、魔法は使えないらしいのだ。そして修得できる魔法は人によって違う。アリシア王女は火魔法。女盗賊ユーリは水魔法。といった具合に。

さて、勇者の俺は何魔法が使えるようになるのか？

「修得儀式ですか。構いませんよ。この先を進んだユーミシリアの別荘地でなら、儀式を行えます。勇者様の魔法修得ですから早い方が良いですよね？」

「そうですわね。その方が良いですわ」

「では、このまま一緒に私の別荘へ向かいましょうか」

「そう致しますわ。よろしくて？」

「もちろんです。アリシア王女様。……ああ、ですが。条件を提示しても？」

「条件、ですの？　……構いませんわ。おっしゃってくださいませ」

「ありがとうございます。それでは」

と、メイリアは騎士団長に視線を向けた。

「騎士団長ルイード様と私とで……決闘をして頂きたく思います」

決闘？　ホワイ？　なんで？

「決闘？　……なぜですの？」

「興味があるからです。騎士団長となった程の実力が一体どれ程か。良い機会ですから」

なに？　バトルジャンキーだったりするのか、この女魔術師。勇者とはいいのか？

「そして私が勝利し、実力を証明しましたら。騎士団長様は、お父様のところへ行ってくださいますか？　アリシア王女様と、そちらの勇者様達を置いて」

「……なんだって？　俺に王女の護衛を外れろって事か？」

「そうです。護衛など私が居れば、それで十分ですからね？　ふふ」

強さに自信過剰なのか、護衛を王女から遠ざけたい理由でもあるのか？

「……、よろしいですわよ。メイリア様の実力を見せていただく良い機会ですわ」

「アリシア王女、貴方の護衛は、俺の仕事なんですがね」

「ワタクシがそう決めましたのよ、ルイード」

「へぇ……」

騎士団長も苦労人なんだよなぁ。我儘王女に振り回される中年騎士！　王道だ。

「では決まりですね。……ところで」

なんだか変な流れになったなぁ。と他人事のように思っていた。しかし。

「アリシア様の腕輪と、ユーリさんの黒い服。勇者様の装備品。凄い瘴気ですね？」

「えっ」

コテンと可愛らしく首を傾げている女魔術師メイリア。可愛さとは裏腹に何か怖い。

「とても恐ろしい腕輪をしているみたい。平気なんですか？」

「……腕輪。これの事ですの？」

アリシア王女がつい先日、俺が着けさせた【感覚共有の腕輪】を掲げる。

「ええ。その腕輪と、それから勇者さんと、そちらのユーリさんのお召し物。それらから凄まじい瘴気が見えます」

見えるだって？　それらはピンポイントで勇者スキルが出した物だ。

瘴気？　彼女は、それらを見抜けるって言うのか？　……イヤな予感がした。

「もしかして、呪い……みたいな何かが見える人ですか？」

「ええ！　そうなんです！　もしや勇者さんも見えるんですか？　お揃いの魔眼ですね！」

「魔眼！」

なんだと。え、魔眼とかあるの、この異世界。

そういうの【人物紹介】のプロフィールに書いといてくれないかなぁ！

「メイリア様は、魔眼をお持ちですの？　はじめて聞きましたわ」

「ええ！　ふふ、誰にも内緒ですよ？」

王女は、魔眼という言葉を平然と受け流した。けっこうポピュラーな代物なのか？

「……勇者様の眼、第1スキルがそのような魔眼であるとは聞いておりませんわね」

「え？　あ、まさか【人物紹介】も魔眼扱い？」

たしかに目で見ただけで相手の情報を見抜けるのは、魔眼っぽいけども！

鑑定系の魔眼とも言えるな。しかし、悲しいかな。鑑定眼と言えど、それは最下級。

勇者の第1スキル【人物紹介】は、対象が人間に限られている。

魔物や、道具類、自然界に生える草花など。そういったものは対象外の力だ。

最低クラスの鑑定眼。……もしかして、これも王女に封印されてるからだったり？

ありえるなぁ。対人限定の鑑定眼なんて、魔王対策において何になるんだか。

「いえ。今のは……その。推測しただけで、魔眼の事や、腕輪の事をスキルで見抜いたんじゃあないです」

「あら。では、お揃いの魔眼じゃあないのですね」

女魔術師は、俺を見て残念そうにした。……もしかして俺を『興味深い実験対象』みたいに見てないか？　あのプロフィールだし。ヤな感じ。

「……んで？　結局、俺と侯爵令嬢で決闘、やるんですかい？　今？」

そう言えばそういう話だった！

「ええ。お願いしてもよろしいですか？」

「ルイード」

「王女様の仰せなのでお受けしますがね。令嬢を怪我させて責められるのは勘弁ですよ」

「あら？　ふふ。まさか、私に怪我を負わせる自信があるのですか」

「あ？」

おっとぉ。これは女魔術師メイリア！　騎士団長にぶっ込んでいくスタイル！

「私の噂を聞いてないのですか？　私が居る限り、アリシア様に護衛など不要なんです」

いや、仮にどれだけ強くても、それと王女の護衛は別問題じゃない？

「……怪我しても知りませんぜ。お嬢さんが」

「ふふ。いいえ、気にしません。ぜひ、そうして欲しいわ。私に勝てるのなら」

どうやら相当な自信があるらしい。自分の強さに絶対の自信がある女。

見た目はどう見たって、可愛らしい女性。アマゾネス系の筋肉女子でもない。

青い髪が綺麗で、肌も綺麗。顔は美少女。極めつけに胸が大きい。着ている衣服の生地が柔らかそうなせいか、胸の主張が強く感じる。スカートからは生足が見えている。

……これ、『くっ、私がこんな男に負けるなんて！』フラグじゃないですかね。

そういうの詳しいんだ、俺。くっコロ系。むしろ誘っているのでは？　なんてね。

「勇者さんに魔法を教えるのも始めましょう。彼と戦いながら教えますね」

……彼女は、騎士団長との決闘を片手間でこなすつもりらしい。

5話　女魔術師の実力

「では、決闘と講義を始めましょうか」

青い髪の女魔術師、メイリア＝ユーミシリアはそう宣言した。

彼女は、騎士団長を相手取りながら魔法の講義をするらしい。あまりにも自信家だ。

騎士団長は今の時点では、明らかに俺よりも強い男だというのに。

「まず。勇者さん。この世界の人々が基本的に自らの身体に内包しているエネルギーは、二種類あります。それが、魔力と闘気(とうき)」

「それは一応、知っています。闘気はオーラとも呼ばれるとか」

そして俺には身体に宿すオーラが無い。騎士団長にはある。

この段階で身体能力に歴然の差が出てしまう。異世界人と地球人の、大きな差。

「ええ。そうですね。そして、この魔力と闘気ですが、人によって割合が決まっています」

「割合？」

「実は、魔力と闘気(オーラ)は相性が良くないんです。一人につき『容量』があると思ってください。例えば、10の容量が一人にあるとしましょう。その中で、交わらないように魔力とオーラの割合がなければいけません。魔力が5に対し、オーラが5、であるのが最も平凡な人間の割合と言えます」

ふむふむ。まぁ、そこまでは分かる。

「ルイード様は、おおよそオーラ6：魔力4のタイプの人といったところでしょう。オーラは主に身体能力を引き上げる力があります。つまり彼は『戦士』タイプである、と言えますね」

要は気功なのだが、簡潔に言えば、物理職と魔法職で大別できるワケだ。

「総容量自体は個人で変化します。魔力量が百ある人間も居れば、十しかない人間も。ですが、この割合だけは変わらない。それが個人の資質となります」

物理職か魔法職かは生まれつき決まっているって事だな。

「騎士団長様は戦士。オーラの扱いに長けた近接戦闘のプロフェッショナル」

「メイリアさんは？」

「私は、オーラが1に対して、魔力が9の人間です。根底から魔術師と言えますね」

魔力が九割！　それはまた極端だな！

「この割合を崩すと、身体が深刻なダメージを負います」

「……深刻な？」

「人体の脆い部分から潰れ始め、変異し始めます」

「うぇ……」

アイテム生成で『魔力の無限生成装置』とかやらなくて良かった！

「魔力が九割な人ってレアですか？」

「ええ。私以外、ほとんど居ないでしょうね」

そこが女魔術師の自信の根拠なのか？　魔法に絶対の自信を持っている。

「……つまり、近付いて叩き切れば良いって話だぜ、勇者様よ」

ルイード騎士団長が、女魔術師の講義に口を挟んだ。

「ふふ。その通り。私相手に魔術戦など論外です」

「……じゃあ、やっていいんだな？」

「ええ。アリシア様。開始の合図を」

「……よろしいですわ。では、……始め！」

決闘開始の合図と共に、騎士団長は駆け出した。人智を超越した速度。

それに対して女魔術師メイリアは。

「──聖壁（プロテクション）」

光の魔法を障壁として展開した。薄い光の幕が彼女を覆い、守る。

ギィン！　という音を立てて騎士団長の振るった剣が弾かれた。

「チッ。流石に固ぇな」

「……ふぅ。やはり、その程度ですか」

「ああ!?」

煽っていくスタイル！　いや、彼女の顔は心底失望したような雰囲気だぞ？

「――土塊よ。立て。ゴーレム」

「なにっ？　魔物？」

光の障壁の前に魔法陣が発生し、そこから岩石の巨人が立ち上がった！

「おお!?」

「えっ!?」

俺どころか、アリシア王女まで驚愕の声を上げる。

「一般に魔法とは、六属性の魔法の事を示しています。それが、最も基本的な魔法だという認識。ですが極めれば、このような事も出来ます。それが魔法の神髄」

マジか。俺以外も驚いているので、これがレアな魔法だと分かる。

ゴーレム。あ、額に『例の文字』があるぞ！　頭文字を削ったら倒せるヤツ！

「まさか魔物を生み出すとはな。自信の根拠は、それかよ。お嬢さん」

「いいえ？　この程度、魔法を研究すれば誰にでも出来る事ですから」

うわー、天才タイプの発言だ。絶対、誰にでも出来ないパターンだろ、それ。

「前衛の代わりにそいつを出すって事は、結局、魔術師の弱点はそのままって事だ！」

騎士団長が剣を構えて再び突撃する。彼ならゴーレムを一刀両断できるのだろう。

「六属性の魔法は人によって習得できるものが違います。アリシア様は何が使えますか」

「……ワタクシは、火魔法だけですわ」

ホントにぃ？　嘘吐いたら後でお尻ペンペンだぞ。

「そちらの彼女、ユーリさんは？」

「……水魔法だけよ。それが何？」

「ふふ。いいえ？　完璧な解答をありがとうございます」

そんなやり取りをしている間も騎士団長はゴーレムと障壁を切り崩さんとしていた。

しかし思うようにはいかない様子だ。俺だったら、あのゴーレムすら倒せないな。

攻めあぐねているというだけで女魔術師の方が強そうにも感じるのだが……。

「メイリアさんは何の魔法が使えるんですか？」

「良い質問ですね、勇者さん」

いや、どこが？

「私が使える魔法は……、まず土（つち）魔法。――岩石の棘（ストーン・ニードル）」

彼女の目の前に岩で出来た巨大な棘が生まれた。

「火（ひ）魔法。――炎の矢（ファイヤ・アロー）」

次は、火炎によって形作られた大きな矢。この二つは先程、オークを倒した魔法だ。

二種類の魔法が使えるのはエリート魔術師、って事かな？　王女でさえ火一種なら。

「風（かぜ）魔法。——風の杭（ウィンド・パイル）」

おお……？　風魔法！　初めて見るな。いや、土魔法も初めてだが。

風魔法は、緑色の光が渦巻いている感じ。どうも魔法の風は透明ではないようだ。

三種類の魔法が使える魔術師。これは有能だね。

……いや、待て。魔法の障壁は光で。それに彼女は、俺の腕の治療を。

「水（みず）魔法。——水の槍（アクア・スピア）」

「っ!?」

ユーリの水球（すいきゅう）とは違う、水の渦が宙に出来上がり、そして槍を形成する。まさか。

「聖（せい）魔法。——聖なる光（ホーリー・レイ）」

……五色の光の槍が、女魔術師の目前に生成された。そして。

「——五天槍（ごてんそう）」

それらが騎士団長に向かって一斉掃射される！

「ぐおっ！」

防戦に回る騎士団長。女魔術師は余裕の表情のまま。

「私が使える魔法は……全て。六属性すべての魔法です。勇者さん」

女魔術師は自らの左手を掲げると、わざわざ自分で傷をつけた。もちろん魔法でだ。

「治癒（ちゆ）魔法。——治癒（ヒーリング）」

瞬く間に治っていく傷。いや、説明の為に自傷行為とか。実はドMだったりするの？

「くっ！　これのどこが一対一の決闘！」

魔術師自らがゴーレムという屈強な前衛を生み出し、さらに多彩な魔術で追い込んでいく戦闘スタイル。先程まで俺とユーリでこなしていた戦闘パートを、彼女単独でこなしながら、光の障壁で身を守りさえしている。怪我をすれば治療を行う回復役でもある。

……もう、彼女一人（アイツひとり）でいいんじゃないかな？

「強っ」

「ふふ。まだまだですよ。——土塊よ」

「なっ！」

さらに二体。ゴーレムが追加された。うわ、あれはキツい。

「この……！　魔力切れはないのか！」

魔力切れ。そうだな。これ程の魔術行使なら、そういう線も考えられそう。

「あら。そんな事に期待しているんですか？　情けない。まぁ、たしかにゴーレムは消費（コスト）のかかる魔術ではあります。その読みは、ある意味で正しくセオリー通り。ですが」

女魔術師メイリアは、さらに右手で大きな火炎を発生させて見せる。

「私、魔力量も人より多いんです。きっと、王国で一番ね？」

うわ。最強だ。この女魔術師。今、戦闘力が53万あるって言われた気分だったぞ。

「……！」

岩石で出来たゴーレム三体と同時に全属性の魔法が飛んでくる戦場。

騎士団長は、自分が劣勢である事を悟る。だが、勝負はまだ着いていない。

「ハッ！　じゃあ、どこまで保つのか見せてみろ！　ハッタリじゃなければな！」

たしかに魔力量については自己申告。信じる必要はない。ハッタリの線もあるな。

「ふふ。そんな風に考えるしかないのでしょう？　それでは私に勝てませんよ」

だが、ハッタリとは思えない。彼女の態度がそう感じさせる。

それでも決定打に欠けるのか。或いは遊ばれているのか。戦闘は終わらない。

「ふぅ。もういいですよ。分かりました。貴方がその程度だと言う事は」

と。油断したのか。相手を見くびり過ぎたのか。女魔術師は、光の障壁を解いた。

……その一瞬を見逃す騎士団長ではないし、また彼女は彼を挑発し過ぎている。

「ここで終わりに出来るかよ！」

一瞬。光の魔法障壁が解かれた隙を狙って、騎士団長は女魔術師に肉薄した。

だが。

「──無の圧縮（ゼロ・レイズ）」

ドン！　という衝撃音だけが鳴り響き、騎士団長が吹っ飛んでいく。

「？」

「がっ！」

「え？」

今、彼女は何をしたんだ？　いや、魔法なのだろうが。その兆しが何もなかった？

「ふふ。これで終わり、ですね？　ルイード騎士団長。……アリシア様」

「え、ええ。貴方の勝利ですわ、メイリア様」

「ふふ。ありがとうございます。……はい。このように。魔術師と戦士は、自らの長所を活かして戦う必要があります。魔法は基本、六属性。良いですね、勇者さん？」

「は、はーい」

先生のように女魔術師メイリアは締めくくった。

「……ぜひとも、彼女は勇者パーティーに参加して頂きますわ」

と、アリシア王女が独り言のようにそう呟く。

たしかにな。もし魔王討伐に向かうなら外せない人材だと断言できる。

俺だって目的がそれしかないなら、彼女を間違いなく勧誘していた。

しかし、アリシアは知らないが、問題は別にあるのだ。

「……この女、信用していいワケ？　シノ」

「ははは……」

そうですよねー。

俺とユーリは知っている。彼女が亜人の子供達を誘拐させていた事を。

ライラちゃんとティナちゃんを、あんな目に遭わせた黒幕な事を知っている。

しかも、それ以上の悪女である事もまた俺は知っている。スキルの力によって。

「これからよろしくお願いしますね？　アリシア様。勇者さん、ユーリさん」

加えて彼女は、生成した魔道具を見抜く魔眼まで持っている。

最強だけど、最悪な、女魔術師。メイリア＝ユーミシリア。

……彼女は、勇者の天敵のような女だった。

6話　勇者パーティーの結成！　そして魔王について

「ふふ。それではルイード様。トワイトお父様への伝言、頼みますね」

決闘に敗れた騎士団長は、メイリアの手によって治療され、別行動する事になった。

アリシア王女もそれを許可する。どうも領主に連絡しに行くらしい。

「……へぇ」

どことなく背中が寂しい。哀愁が漂っている。仕事を奪われた男の背中である。

「さて！　それでは！　勇者様と女三人で楽しく旅といきましょう！」

「おー！」

それは楽しそうな響きだね！　女三人の内訳が全員、悪女じゃなければ完璧だった！

「馬車に乗って向かいますか？　あえて馬車を降りて戦闘していた様子ですが」

「勇者様には、戦闘の数をこなしていただかなくてはなりませんの」

「なるほど。では適度に歩きまして。馬には荷物を引いて貰いましょう」

「どこへ向かうんです？　わざわざ騎士団長と別行動してまで」

「我が家の別荘地です。そこでなら勇者さんの【魔法修得】の儀式を行えます。それから……ふふ。そこには露天風呂を用意しているんですよ？　温泉というものです」

温泉！　異世界温泉？　露天風呂っていう概念、あるんだな。この国。

「ですが気を付けてくださいね？　この森に出る魔物は強力ですので」

「……なんで、そうなってるんです？」

「この森は、私の修練場でもあるのです。魔法の腕が鈍ってはいけませんからね」

うわぁ。天才基準の魔物達だ。そりゃ強い。絶対、今の俺の適正レベルじゃないね！

「アリシア様は、いつかは勇者さんと旅立つのでしょう？　パーティー戦の訓練にも都合が良いと思います！　ふふ」

それはね。貴方だけなんですよ。なにせ王女は、まず俺だけを鍛えたい人だからね！

「あはは……。アリシア王女が考えていた『勇者パーティー』は結成！　ですかね？」

「そうですわね。メイリア様には、ぜひ来ていただきたく思いますわ！」

飛び入り参加のユーリさんも忘れないであげてね！　ともかくは、これで。

勇者、王女（プリンセス）、女盗賊（シーフ）、女魔術師（まほうつかい）、の四人組で勇者パーティーが結成されたのだった！

……意外と王道（テンプレ）なパーティー編成じゃないか？

「はぁ！」

俺達は、強力な魔物達との戦闘をこなしながら、温泉付きの別荘を目指す。

「まず勇者さんがこれから受ける【魔法修得】の儀式についてです」

「はい」

メイリア先生の元で勉強しながらの実践戦闘だ。彼女、語るのが好きと見た。

「修得には【マナスフィア】という魔道具と儀式魔法陣が必要です」

「マナスフィア」

「はい。こちらは多くの魔石から生成する魔道具となりますね」

魔道具と儀式さえあれば誰にでも覚えられるのかな。

「マナスフィアを用い、それぞれが修得可能な魔法を覚えさせます」

「それって今、分かるんですか？」

「いえ。調べるには専門の施設か魔道具、魔法陣などが要りますね」

なるほど。うーん。せめて火魔法は覚えたいなぁ。旅をするなら余計に。

「魔力とオーラの比率について言いましたが、実は、この魔力の割合が六割以上、せめて五割はなければ、修得儀式は有害です。魔法は誰にでも覚えられるワケじゃありません」

「は？」

修得自体にリスクがあるのかよ！

「魔法の修得というのは『人体に新しい器官を後付けする』のだとお考え下さい」

新しい器官。内臓を後から付け足すみたいな？　それはちょっとアレだな。

「耐性の問題もありますね。新しく付与された器官は『体内の魔力を定まった形に変えて放出するもの』です。魔法行使には、ある程度の魔力量が必要になります。自然界と人体の抵抗値の兼ね合いがあって……。『放出量6』の魔法を『魔力割合4』の人間に修得させてしまうと……」

「させてしまうと？」

「過剰に体内から魔力を漏出させる身体になってしまいます。汗をかき過ぎる身体にするようなもの。脱水症状を起こしやすくなるのです。危険でしょう？」

「それは、たしかに」

　生まれつき魔法に向いた人間でないと修得自体がデメリットだ、と。

「一般に獣人達は、魔法修得に向きません。彼らは闘気の割合が多いのが特徴です」

　そこはイメージ通りって感じ。獣人は物理・気功特化。

「王国人は、魔力・闘気が5対5の平均。聖国に住む人々は魔力の割合が高いようです」

「へー」

「なので魔法に関しては、王国よりも聖国の方が発展しています。魔法使いがあちらの国に流れますからね。ただし、当然、平均的な人間の方が多いですから。王国の人口の方が聖国よりも明確に多いのです。獣国は当然、獣人の数が多くなります」

　なるほど。最も人口の多い王国。獣人が住む獣国。そして魔法寄りの聖国ね。

そして勇者が最終的に向かう土地が魔国。植物から生まれる魔王が居る場所だ。

「ですので、魔法修得の前に、個人の資質。その器を見るのが施術者の役目となります」

女魔術師メイリアが、そう言いながら俺に近寄り、そして頬に手を添えた。

彼女の顔が近い。青い髪の毛が俺の肌にかかる。キスされるかと思ってドキリとした。

「魔道具を使わずとも、私であれば個人の魔力割合を探る事ができます。こんな風に」

あ、キスじゃないんですね。顔がすごく近いけど。この距離はドキドキするな。

女魔術師メイリアは、俺と額をくっ付けて何かの魔法を行使し始めた。

「……あら？」

「え？」

なんか今の、異変を感じ取ったような声だったけど？

「何？」

「いえ、これは……」

え。もしかして病気でも見つかった？　先生、はっきり言って下さい！

「メイリア先生？」

「……勇者さんの魔力割合は、」

うん。

「――ゼロですね。ありません」

ゼロ？　ウソだろ？

「そしてオーラもない。空っぽ。……こんな事あるのね」

「えぇぇ……」

つまり『魔力0：闘気0』タイプの人間ってこと？　こんな事あるのね、じゃないが。

「ですが、魔力の代わりに、魔力と似たような力が内包されています」

「お？」

「強いて言えば『魔力10：闘気0』タイプ。究極の魔法寄りタイプと言えます」

「マジか」

勇者・篠原シンタは魔力極振り人間だった？　じゃあ剣じゃなく杖くれよ。

「私よりも魔力比率が高い人に会うのは初めてです。……お名前は、たしか」

「篠原シンタですけど」

「シンタさん、ですね」

名前呼び？　ファミリーネームが逆と思ってる？　ていうか今ので好感度上がった？

「これは研究のしがいがあります♪」

研究対象かよ！

「オーラでもなく、魔力でもない。魔力に近いエネルギー。なんでしょうね？」

「あー……。もしかしてスキルを使う為のエネルギー？」

「なるほど。異世界の方（かた）ですし、勇者様。たしかにその為の力でしょうね」

となると、なんだ。なんと言うべきか。

ゲーム的に言えば魔力はＭＰ（エムピー）。闘気（オーラ）はＡＰ（エーピー）。ならスキルはＳＰ（エスピー）？

「スペシャル、かつスキルポイントでＳＰかな」

「ＳＰ、スキルを使う為の魔力、ですか」

つまり俺は『ＭＰ０％：ＡＰ０％：ＳＰ１００％』の勇者タイプ。まんまかよ。

「勇者だからスキルを使って戦うのが基本って事か。あれ？　魔法は？」

まさか使えない？

「……こればかりは、やってみないと分かりませんね」

「でも、割合が違う人間に儀式をすると危ないって」

「その時は、その時ですよ♪」

おいコラ。安全性より好奇心を優先させんな。命が懸かってるの俺だぞ！

女魔術師メイリアから漂うマッド・サイエンティスト感！　あの悪行だしなぁ。

「魔力とＳＰの性質が近い以上、修得させてみるしかありませんね。勇者に魔法を修得させようともしないのは話にならないかと思います」

「そうですわね。メイリア様のおっしゃる通りですわ」

くそ。他人事（ひとごと）だと思いやがって。そりゃ勇者強化イベントをスルーするのはないと思うが、それにリスクがあるならスキル解放の方が先じゃないか？　王女ォ……。

「勇者様の力が、魔法の性質も持つのであれば、誰よりも強力な魔法を修得なさる可能性がありますわ。勇者様、ぜひ。魔王だけでなく、剣聖様を倒していただく為にも」

「そうでしたね」

「はい。ワタクシの為にも」

アリシア王女の建前は『このままだと大会で優勝する剣聖の嫁にされてしまう。だから勇者様、ワタクシの為に強くなって、戦って！』……である。

また正式な恋人の俺は、それを断るなど許されない。

スキル解放に必要な【王女の心の鍵】を開く為にも、だ。

くそぅ。やるしかないじゃないか。じゃなきゃ日本に帰れなくなる。

「もちろん、やりますよ。アリシア王女。貴方の為にも」

「まぁ！　嬉しいですわ、勇者様。ワタクシ、貴方を信じております。うふふ」

「あはは」

いや、たまらないね。これが俺達のいつもの愛の語り合いなのだ。

そんなやり取りをしながらも……、俺達は森を進んだ。

「騎士団長から聞いていた魔法の常識と、メイリア先生のそれは、かなり違いますね」

「そうですね。それは最も広く知られている魔法修得のせいかと思われます」

「と言うと？」

「マナスフィアや儀式にも、高等なものと下等なものがあります。掛かる費用の問題がありますからね。ですから、冒険者達などは安価な儀式を行うのです」

あー、そりゃ貴族と同レベルの儀式は無理だよな。魔石だって高そうだ。

「複雑な事をする前提を捨て、シンプルな魔法を修得する儀式です。例えば、それぞれの属性の魔法を、塊にして、敵に撃ち出す。ただ、それだけの魔法」

ユーリが使っていた『水球』の魔法もそれっぽいな。

「概ね、それなりの魔物との戦いでは、それだけでも十分です。魔力量があるなら尚更」

「安く覚えられ、使うに当たってもシンプルで扱い易い。なら広く普及するのも道理と」

そして、それが世間では常識となる。

「はい。ですが、魔法とは本来、もっと複雑で多彩なモノ」

メイリアが右手を掲げ、人差し指の先に炎を生み出す。その炎を緑色の風が包み込み、さらに水の膜が覆った。複数属性の魔法弾が、離れた場所に現れた魔物に放たれる。

……魔法が当たった魔物は、切り刻まれ、焼かれ、流された。

「お見事。さすが最強の魔術師様」

「ふふ。よく言われます」

よく言われるんだ。王国内では、本当に最強なのかも。

女魔術師メイリア。俺がもしも本気で勇者をやる気なら、欠かせない人材だ。

それに気になる事が彼女のプロフィールに書かれていた。

……いや、まぁ、気になる事しか書かれてなかったのだが。

『魔王対策の研究家』という部分だ。彼女は、魔王がどんな相手なのか知っている？

「メイリア先生は魔王についてどう考えていますか？　【即死魔法】を使うのだと聞いたのですが、そういう魔法はあり得ると思いますか？」

「【即死魔法】はありますよ」

……即答か。ってことは、もしかして。

「まさかメイリア先生なら使える？」

「いいえ、まさか。それを使えるのは魔王だけです」

ほう。魔王専用の魔法なのか？　そりゃ、そのぐらいの力だよな。

「そもそも【即死魔法】を使うからこそ、魔王なのです」

「はい？」

なんか思っていたのとニュアンスが違うな。

「魔王が先にあったのではありません。【即死魔法】が先にあったのですから。だからこそ【即死魔法】は**ある**のです。たとえ、私達に見た事がなくても」

「お、おお……？　魔法の方が、先？」

そっちが主体なのか？　魔王の方が副次的な存在？

「どういう事か教えてもらっても？」

「ええ。構いません。私が独自に調べた事や、推測も含まれますけど」

「それでも、ぜひ。俺、勇者なので」

魔王を倒す気なんて、これっぽっちもないけどね！　興味はある。

「そうですね。まず、魔王に至る過程で、最初にあったのは、今は【魔界植物（まかいしょくぶつ）】と呼ばれている植物でした。魔王が植物から生まれる、という話は聞きましたか？」

俺は、彼女の目を見ながら頷く。

「魔界植物は、周囲の魔力を養分として育つ植物でした。魔力は、ただの栄養です」

食虫植物みたいなものかな？

「他の存在から栄養として魔力を搾り取る植物。この行為によって変化が訪れます」

「変化？」

「魔界植物は蓄えた魔力で、自らを変異させていったのです。人間と同じく内なる魔力の割合が崩れれば、形も崩れる。植物系の魔物の理屈と同じですね」

そうなの？　それは知らんけど。

「変異後の魔界植物は『より他者から魔力を吸い取れるように』進化しました。魔法が、本来は複雑で多彩、つまり万能である事にも通じますね。望む進化を果たしたのです」

「……つまり、一番初めの魔王っていうのは」

「はい。『止めようがない程に強く進化してしまった、植物系モンスター』ですね」

意外と植物系って侮れないんだよな。特に変異タイプは。火で焼けなくなるとかさ。

「育った魔界植物を最初に倒したのは勇者ではありません」

「え、そうなの？」

「ええ。魔王の歴史に比べ、勇者の歴史は浅いんです。せいぜい千年程度の歴史ですね」

いや、千年も長いと思うが？　……勇者って千年も前から召喚されてんの？

「そして魔界植物は、植物であるが故に、世界に『種(たね)』を残しました」

「うわ」

それ、洋画とかのラストシーンでモンスターの卵が見つかるパターン！

「残された種は一つではなく、大量。そこから新たに生まれた魔物は、いくらかが生き残り、多くは淘汰されていきました。しかし絶滅はさせられなかった。他の多くの魔物達と同じく、人類と敵対しつつも同じ世界で共存していきました」

数が多いとそうなるよな。日本人に『美味しい』って教えればワンチャンだ。

「残った魔界植物は強い個体。そして『他者から魔力を吸う特性』です」

うんうん。

「また育てば、それらは新たな原初の魔王になりました。それらは周囲の魔力を枯渇させ、土地を枯れさせて、甚大な被害をもたらします」

「……その被害が進んだ場所が、魔国？」

「そういう事です。草木は枯れ、大地はひからび、空は曇る、国。魔国」

なるほど。植物系なら、少なくとも土地の被害と魔国のイメージは繋がるな。

「魔界植物が魔力を蓄え、変異し、進化した事で……やがて【即死魔法】を使う個体が、この世に生まれてしまいました」

「おっ、そこで」

「ただの鎧では防げず、魔法障壁を貫通し、実力に関係なく殺されてしまう、脅威」

それはヤバいな。どうすりゃいいんだって話だ。

「野放しには出来ない。対策が必要でした。多くの実力者が挑んだそうですが、返り討ちに遭い、そして魔界植物の新たな栄養になった。そうすると更に魔界植物が強くなってしまう、悪循環が始まります。人類にとって間違いなく災厄そのもの」

近付けば即死。野放しにすれば土地が枯れていく。いやいや、ヤバ過ぎ。

「そして、人類はどう対抗したか。『死なせても良いと思える命』をもって【即死魔法】の対策を研究するしかありません」

「……死なせても良い、命」

ちょっと待て。魔王に対峙する、死なせても良い命？　それは。

「はじめ、人類は命懸けで挑むしかありませんでした。ですから当然の帰結……。罪を犯した者。国や人種の違う者。奴隷。他国の人間……。どの国も【即死魔法】対策の為に『死なせても良い命』を投入していきました。ですが、いつまでもそんな人間は、見つけられません。この世界に住まう人々の中からは」

……この世界が求めた【勇者】というのは。

「先人達は、【即死魔法】を振るう魔界植物の天敵を生み出そうとしました」

「天敵?」

「そう。天敵。どんな存在だと思いますか?　シンタさん」

「……え、それが勇者じゃないの?」

「いいえ。違います。その前の段階の歴史ですから」

あれ?　勇者じゃない?　なら何だ。魔王の天敵?　まだ魔王じゃないか?

「答えは【不死(ふし)の怪物(かいぶつ)】です」

「不死の?　そんなの生み出せるんですか?」

「『不死だけ』ならば、そこまで難しくはありません。治療魔法がありますからね。理性や、知性、人格など。そういったモノは必要ないですから。ただの不死の生物兵器です」

「ああ、それならなんとか」

出来なくはないのかな?　人類が望む不老不死とは別だもんな。

「魔界植物の天敵として生まれた【不死の怪物】には、生命の在り方が決められました。それは『魔界植物を食べる』事と『ある国の、ある場所を目指す』事です」

「前者は分かるけど、後者の生態は何？」

「当時の魔界植物は、数が多かったんです。そうすると生み出す【不死の怪物】も大量。そんな怪物が、人類の生存圏に棲みついては本末転倒でしょう？　だから、一つの場所に集まるように組み込まれました。また、魔界植物を食べた後の変化も危険視されていました。対策できなければ人類が危うい。猶予はありませんでした」

昔の人は頑張ったんだなぁ。

「そこで人類は『ある地域』を見捨てる事にしたのです。そこに魔界植物や、生み出された【不死の怪物】など、すべての負債を押し付けました」

「ああ、それが今、現在の……魔国」

「その通りです。不死の怪物たちの廃棄場。人類が生きる上で、切り離してしまった絶望の国。そこには生命のすべてを枯らす魔界植物と不死の怪物しか残りません」

対策としては、それしかなかった、って事なんだろうな。

「【不死の怪物】ですが、本当に不死身のモンスターにしては、世界に新たな脅威を生むだけです。だから彼らには、多くの制限がありました」

ほうほう。

「魔界植物だけを食べる。魔国に向かう。魔界植物を食べ尽くせば、その生命を維持できなくなる。……といった具合に」

「……上手くいかなかったんですよね？」

「人類の生存圏からは、魔界植物、そして【不死の怪物】を追い出す事に成功しましたよ」

「でも、今は」

「はい。怪物は魔界植物がなくなれば『食べる物がなくなってしまう』と気付きました。彼らに知性がなくとも、それは生物でしたから。生存しなければなりません。つまり【不死の怪物】にとって魔界植物は、なくってはならないものでした」

うわ。イヤな予感。

「人類の望みは、双方の消滅でしたが、そうはなりませんでした。【不死の怪物】と【魔界植物】は共存し始めたのです。そのように進化しました。魔界植物の方が、怪物に寄生する形であったと思います。進化は簡単な事ではないし、彼等はその数を限りなく減らしていました。あと一歩で絶滅するところまで」

ゴクリ、と唾を呑み込んだ。一つの世界の歴史の終わり。神話のような話。

「彼等は共存の道を選び、そして冬眠をしました」

「冬眠？」

それは、また。なんで？

「魔国は枯れ果てていましたから。新しい生物の補充もない。少ない栄養、少ない資源。彼らは生き残る為に、残った個体すべてで集まり、消耗に耐え、共存する道を模索したのです。脱落する個体も出たでしょう。そんな彼らの選択した生存手段。それは」

「それは？」

「——一極集中。共食いに近い状態で、魔国に残された資源のすべてをかき集め、互いに喰い合い、共存し、変化し、交じり合って。そして魔国の環境でも生き残れる個体が生まれたのです。『不死身の身体』を持ち、【即死魔法】を放つ。植物にして、怪物。その者の名は……魔王」

……そこで初めて、魔王と呼ばれる個体が生まれたワケだ。歴史だな。

「それが魔王なら、勇者は何の為に？」

「魔王への対策は【不死の怪物】では無理だったんですよ。正確に言いますと、新たに送り込んだ【不死の怪物】が魔王を倒した後で……進化した魔界植物に乗っ取られます」

「あー……」

出たな。王道（テンプレ）パターン。魔王を倒した者が次の魔王になるヤツ！

「そうは分かっていても、人類は『死なせて良い命』を魔国に送り込むしかありません。対抗策がない者が向かっても無駄死にとなり、敵を強くしますから」

「後手に回っていますね。その内、あっちから攻めてきたんじゃ？」

「いえ。魔界植物が魔国に根を張っていますから」

植物系だから、拠点を動かない、とか？

「そして送り込む怪物にも『魔国を出ない』本能などを植え付け、送り込みました。魔王も一度倒されれば栄養を蓄えて、新たに復活するまで時間が掛かります。魔王の討伐と、復活のサイクルの出来上がりです」

倒しては、何度も復活する魔王様の成立か。まさに魔王。

人類の被害は魔国だけに押し付ける事に成功した。あとは……定期的な討伐さえ続けていれば、何とかなった。それが、この世界の歴史。

「それじゃあ、勇者とは」

「勇者は、魔王対策の研究結果の一つです。人類は【即死魔法】に対抗する為に『死なせても良い命』を求め、他国から奴隷を得る為の戦争すらしてきました。自国の犯罪者だけでは賄えない犠牲を他国に押し付け、『魔王と戦う奴隷』を欲したのです。そして、それこそが勇者の、原型。最初の勇者は、奴隷だったのです」

……それが、この世界が俺に、勇者に求めた事の真実、か。

「昔の話ですわよ、勇者様。今では勇者は、英雄として扱われておりますわ！」

いや、アンタはまさしく俺を奴隷にしようとしてる筆頭だろ！

魔王を倒した後の勇者は用済み派じゃねぇか、アリシア王女は！

「はっはっは」

まったく。……国同士で戦争するぐらいなら、異世界人を使い捨てにすればいい。

それが、この世界の辿り着いた結論だ。戦争の火種は消える。

自国から犠牲者を出さなくていい。それで世界は平和！

犠牲になるのは、どうせ見知らぬ世界の命だと。

テンプレにして、クソな異世界め。そこで犠牲になるのが俺なのだ。

「ふふ。でもアリシア様がおっしゃるのは本当ですよ？　聖国は、多くの勇者の末裔が住む国ですし、聖女様がいらっしゃいます。獣国などは、そもそも建国に勇者が関わっていますからね」

建国って。すげーな。奴隷から王にでもなったのか？　勇者の成り上がり譚！

あと、聖国に勇者の末裔が多く居る、って王国から移住されてんじゃん。

やはり王国が勇者にとってクソな事は変わらないのでは……？

勇者は訝しんだ。

「長話をしましたね。もう少し進めば……着きますよ。私の別荘地です」

女魔術師がそう告げてから、程なくして……。

俺達は、目的地であるメイリアの別荘へと着いたのだった。

7話　三人の悪女たち

「ようこそ。私の家へ」

家って。別荘地だろ？　まぁ、似たようなものか。

「ここは、ほとんど私の物なんです。トワイトお父様も使わず、私がすべてを好きにしています。雇う人員も、それから運び込む物資も、すべて私が決めているんですよ」

……その言葉に引っ掛かりを覚えるのは、俺が彼女の悪行を知っているからか？

「……シノ」

「うん」

俺とユーリは、不穏な気配を感じて視線を交わし合った。

「なんか女性ばかり、ですね？」

俺達を出迎えたのはメイド服を着た女性ばかりだ。しかも若い女性が多い。

「ふふ。そういうものなんですよ。シンタさん」

ホントかよ。お前、『女好き』ってプロフィールに書かれてんだからな。趣味だろ。

「彼女は高位貴族ですわ。おいそれと男性を近付けない事もありますのよ、勇者様」

なるほど。ところで、未だに俺を名前で呼ばないのは何故だい、マイハニー。

出逢ったばかりの女魔術師が、もう俺を名前で呼んでいて何も思わないかい？

「実は、彼女達もこの別荘に常駐しているワケではありません。普段は、ユーミシリアの屋敷で働いていますので仕事は信頼してくださっていいですよ」

なんて説明を受けながら、俺達は屋敷の中へと案内される。

「んっ……」

「どうした？　ユーリ」

「なんか、変な臭いしない？」

「におい？」

ユーリが鼻をひくひくとさせている。ちょっと可愛らしい仕草だ。

「ああ。ここでは、特製の香を焚いていますからね。その匂いだと思います」

「だって」

「……ふーん。お貴族様は、そういう趣味に金かけてんのね。贅沢だこと」

ユーリさん、嫉妬！　いや、俺も生まれの枠は平民なんだが。香は贅沢扱いか。

「メイリアお嬢様。荷物をお持ちします」

「ええ。サリー。ありがとう」

女魔術師は、メイドに声をかけ、屋敷の主人として振る舞う。

「おお……！」

「……なにを興奮してんの？　シノ」

「いや。ちょっと『お嬢様』呼びに感動してる」

「バカなの？」

なんだと。ベッドでオシオキしちゃうぞ。お嬢様って響き、いいよね。

ていうかユーリが生意気というか、ちょっと俺に心を開き過ぎじゃない？

そうそう。忘れてはいけない。【人物紹介(第1スキル)】、発動！

◆サリー＝マルシア
性別：女
年齢：19歳
プロフィール：
『メイリア個人に雇われている侍女。普段は彼女の身の周りの世話をしている。
彼女の倒錯的な趣味に、困りつつも受け入れてしまっていて、調教済み。
メイリアの悪事に加担しており、捕らえた亜人の事も知っているが、黙認している。
彼女が居ない間の亜人達の健康管理も行(おこな)っている人物』
悪行：『亜人達の監禁の共犯』

……監禁か。殺しはやってないらしいから、亜人達は今も生きている？

この屋敷の中に居るだろうか。いや、そんな場所にわざわざ王女を案内するか？

でも、わざわざ騎士団長を別行動させたの、怪しいんだよな。

「ユーリ。ヤバそうな屋敷だから」

「……でしょうね」

メイリアの危険性を理解している俺は、ユーリに耳打ちしておいた。

隙を見て屋敷内の調査が必要だ。【透明ローブ】の効果が使えるかもしれない。

【異世界転送術(第3スキル)】の監視機能で、調査できればいいんだが。メイリアの魔眼は、どこまで俺のスキルを見破るのか。それが分からない事には使えないよな。

アリシア王女の前で暴露されても困る。それは致命傷だ。

「まずはお疲れでしょう。身体を休める時間を。それから食事の準備ですね」

「あー……、温泉があるとか？　露天風呂」

「ええ！　もちろんありますよ！　さっそく、そちらに案内しましょうか？」

「ワタクシは、まだ良いですわ。それほど疲れていませんもの」

そうですね。貴方、戦ってませんからね！　でも森の中、歩いてきただろうに。

意外と体力があるのか？　アリシア王女。お姫様なのに。

「ふふ。流石ですね。アリシア様。やはり『魔王討伐に向かう者』です」

うん？　なんだ、その言い方。それだと主体が勇者ではなく王女のようだ。

「ああ。今のはですね。私なりの理論なんですよ。【勇者召喚】の儀式の」

俺が疑問に思ったのが分かったのか、メイリアはそう補足してくる。

「どういうことでしょう？」

「はい。シンタさんは【勇者召喚】がどのような基準で、勇者を選ぶと思いますか？」

「どのような基準で？　……魔王を倒せる者？」

「それは当然です。けれど結局は、与えられたスキルによって魔王を倒すのです。という事は究極、勇者に問われる資質は、その精神性ではないでしょうか？」

「……それは、たしかに」

【即死魔法】をカウンターしての魔王討伐！　が、俺の勇者としての仕事だもんな。

それはつまり、スキルさえあれば俺である必要がないという事。

「勇者の選定基準は、精神性？　……それは、しかし」

俺が、そんなに勇者に向いているとは思えないんだが？

「勇者は、召喚者との相性で呼ばれる筈です。この場合はアリシア様との相性ですね」

「ええ？」

俺と王女の相性？　最悪じゃないか？　いや、ある意味はいいのか？

「異世界から異物を招くのですから。世界に弾かれないようにしなければなりません。召喚者は、異世界人とこの世界を繋げる楔になります。その為、呼ばれる異世界人は、召喚者と似た性質を持つ者になります」

「俺とアリシア王女が似た性質で、良い相性？」

「……まぁ！　素敵ですわね、勇者様！」

素敵と言う前の、微妙な『間』は何かな？　マイハニー。無理して言うな。

内心で『ワタクシが、このようなオークと！』って言ってるのが聞こえてきそう。

「異世界にも人がたくさん居るでしょう？　その中から勇者を選びます。こちら側から、ある程度の指定をしなければ、とんでもない人物が召喚されるかもしれませんよね。それでは困りますから。アリシア様は、そうならない勇者の方向性を示す指針となります」

メイリアは続ける。

「『魔王を倒そうとする意志を持つ者』『その旅に耐えられる者』……そのように絞り込んでいきます。その方法が『アリシア様を基準とする』なのですよ」

勇者は、召喚者と似た者が呼ばれる。だから、望む勇者の性質はアリシア王女が持っていなければならない。その為、王女は冒険の旅に適応している？

「そんなの、『適性のある勇者』を指定すれば済む話では？」

「そのやり方が、アリシア様という事ですね。それに儀式上の指定だけでは、召喚条件を満たす者が『いない』という場合が起こります」

「そんな事ありますか？」

「元から異世界に居る人物を呼ぶんですよ？　それが『若くて、美しくて、気立てが良くて、従順で、胸が大きくて、戦闘力もあり、魔王討伐に意欲的で、それから……』なんていう条件で、シンタさんの世界に該当する人物がどれだけ居るでしょうか？」

「あー……」

なるほど。条件を欲張り過ぎると『検索結果：0（ゼロ）件』が発生するのか。

けっこう面倒くさいんだな。【勇者召喚】の儀式って。お金掛かるし。

「と、まぁ。これらは私の推測でしかありませんけどね。【勇者召喚】は、王族のみに伝えられる魔法技術。一介の令嬢では、本当の原理を知る由もありません。アリシア王女が教えてくださるならば別ですけどね」

「ワタクシもそこまでは語れませんわ。センセイならば知っているかもしれませんわね」

「センセイ？」

「ワタクシに【勇者召喚】の儀式を教えて下さった方ですわ」

そんな人が居たのか。アリシア王女の先生。……もうちょっと教育、どうにかして。

「じゃあ、その人も王族ですか？」

「……分かりませんわ。いつも顔を隠していらしたの。黒い布で。時には……仮面で」

仮面!?

「え、仮面ってこう、舞踏会でする目隠しみたいな?」

「……顔全体を覆う、黒い仮面でしたわ。ただの人形のように見せる、無貌の面」

極まってんな、おい。王女にさえ正体を明かしてない謎の人物かよ。怖っ。

「ふふ。それで。どうされますか? 温泉に向かいます? 汗を流したいだけならば部屋にも浴場はありますよ」

この世界、魔道具類のお陰で、水回りに不便はないんだよな。シャワーも完備だ。意外と衛生的だし。……この辺り、異世界からの知識もあるのかも。

「部屋でよろしいですわ。勇者様とユーリさんもそれで良いですわね?」

「はーい」

決定権はアリシア王女にしかないのである。世知辛い世の中だ。

それぞれが部屋に案内されるが、当然の如く、女盗賊ユーリは俺と同じ部屋だった。

「あら? アリシア様は、それでよろしいのですか? 私、てっきり」

「……勇者様の国では、一人の男性につき、三人まで妻を娶るそうですわ」

嘘だけど。うへへ。

「あら。へぇ。そのような。かの国と同じですね」

かの国? まぁ、どこにでも一夫多妻制の国ぐらいはあるか。日本は違うけどね!

「それでは。シンタさんとユーリさんは、部屋で休んでいただいて。……ふふ」

なんだ？　何故、そこで含み笑い？

「アリシア様。私ともう少しお話しませんか？」

「ええ！　もちろん構いませんわ。メイリア様」

「ふふ。ありがとうございます。サリー。『花の部屋』を用意してちょうだい」

花の部屋？　なんだろうな。

アリシア王女とメイリアは二人で部屋に向かい、俺とユーリは別室に案内された。

「はーっ。俺達もシャワーを浴びるか？　ユーリ」

装備品を取って、ラフな服装になる俺。

「んっ……。そう、ね。シャワー、ね」

「ああ。あ、安心しろよ。身体を洗う時は、その服、どうにかするから」

ユーリの着ている【黒の拘束衣】は、俺の意志で操作できる。

最大限に肌を露出させる事もできる、エッチの為の服である。

「はぁ……」

ん？　ユーリの顔が赤いな。

「体調悪いのか？　ユーリ」

「それは、……悪く、ない」

いや、悪そうだが？　んん？　これは悪いというか。

「シノ……。なんかね。身体が……」

「あ、ああ」

色っぽい。そうだ。なんだか、発情しているみたいな雰囲気。なんだ、急に？

「と、とりあえずシャワー浴びてきたら」

「ん。そう、するわ……」

何だったら一緒に入る？　と言おうとしたが。なんだか空気が怪しい。

たぶん今のユーリにそう言ったら受け入れられそうな感じ。

「………」

熱っぽい視線を俺に投げかけてから、ユーリは大人しく風呂場へ向かった。

「……完全にエッチする前の空気と視線だったな？」

いや、そんな経験はないんだが。俺の初めての相手はユーリである。

でも、亜人の村から帰るまでに何度か肌を重ねたからな。どんどんユーリからの嫌悪がなくなっていった事を知っている。冒険の後の夜は、エッチしたい方なんだろうか？

「俺は歓迎するけどね！」

性奴隷扱いするつもりが、ほとんど彼女みたいな扱いだ。俺は、彼女にとって父親殺しだというのにユーリの好感度が高いからな。育った環境のせいで。

「アリシア王女達は、何を話しているのかな、と」

俺は【異世界転送術】の監視窓を開いた。これでもしメイリアが気付くなら、彼女の眼は、本当に俺にとって天敵だ。早急にどうにかしなければならなくなる。

俺にしか見えない監視窓が開く。第3スキルの最もチートな覗き機能だ。

「ソフィア王女様、本当に素晴らしい人なんですね」

「ええ。そうですのよ……ん」

二人は部屋で雑談をしている様子だ。特に変わった部屋じゃなさそうだな。

王族と貴族令嬢だからな。高貴で、整った顔立ちに服装の二人。絵になる二人だ。

「ふふふ」

俺は、監視映像の視点を動かし、メイリアの顔を覗く。反応は……ない。

どうやら彼女の魔眼とやらは、ターゲットの監視機能までは見抜けないらしい。

これならメイリアの私生活も覗き放題だ。屋敷の調査も無理なく出来る。

「メイリア様？」

しばらく二人の様子を観察していたのだが……どうもアリシア王女の様子が変だ。

「はい。どうしましたか？　アリシア様。ふふ」

余裕のある微笑み。熱っぽい顔の王女。あの表情、さっきのユーリみたいだ。

頬を紅潮させ、机の下では足を擦り合わせている。あの態度、どう見てもアレだぞ。

「メイリア様。ワタクシ、やはり疲れているようですわ」

「そうですか？　もう少し、お話ししましょうよ。紅茶も入れますね」

「いえ、それは……」

「ふふふ」

……これはおかしい。王女が休みたいと言っているのに引き延ばすか？　普通。

この女、なにか企んでいる。プロフィールには『女好き』の一文。

まさか、メイリアの狙いは……アリシア王女？　おいおい。

アリシア王女は、俺の恋人なんだが？　でも、許す！

女同士のエッチな絡みが見れちゃうかもしれない期待には勝てない！

「め、メイリア様。その。ワタクシ、一人になりたいんですの」

「……ふふ。そうですか。残念ですが、それでは、また」

なんて言いつつ、会話を引き延ばしている女魔術師さん。絶対に確信犯だ。

何が原因で王女はあんな状態になっている？　俺からは何もしていない筈。

そう言えば、ユーリも。なら原因は俺じゃなく、メイリア。この屋敷？

「……シノ」

と。考えているとユーリがシャワーから帰って来た。……服をはだけたまま。

「ユーリ？」

「んっ……、シノ。私、変……」

そう言いながら、熱っぽい表情でベッドに上がってくるユーリ。

「シノ。……この家。ううん。この屋敷、たぶん、あの香り……変なのよ」

「香り？　あっ」

そうか。ユーリが屋敷に入った時に感じた匂いか。

「俺はどうともないが、まさか女専用の媚薬、媚香（びこう）？」

「そう、かも。だって、こんなの。シノに道具で変な風にされた時と、おんなじ」

ユーリがそう言うなら確定か。女好きのメイリア。女だらけの使用人達。

「筋金入りだな。メイリアの狙いは王女様、か」

だから、あんな決闘で騎士団長を追い払ったんだな？　半ば強引に！

良い趣味してやがる！　ちょっと気が合うかもしれない。

「シノ。私、我慢できない……」

「ユーリ」

「……シて、シノ」

ユーリは完全に出来上がっていた。まぁ、拒否する関係でもない。

「んっ！　ちゅ、ん……」

俺はユーリを抱き寄せて、唇を奪う。そして最初から舌まで入れてやった。

「ちゅ、んん、ちゅ、んっ」

既に熱くなっている彼女の身体を堪能する。何度、肌を重ねても飽きる事がない。

「はぁ、んっ、ちゅ……んん、はっ、はぁ、シノ……んっ」

ユーリは俺の愛撫にされるがままに身を委ねてくる。抵抗なんて欠片もない。

まるで本当に愛し合う恋人同士のように、俺を受け入れ、喘ぎ声を上げるユーリ。

「体調は悪くはありますが、この症状には……心当たりがありますの」

「心当たりですか？」

監視映像では、王女がそんな事を言っている。メイリアは首を傾げた。

「はぁ……。ええ。【勇者召喚】の代償ですわ……」

そう言えば、そう言う設定でしたね！　俺がアリシア王女に嘘を吹き込んだのだ。

スキルを使ってな。王女は俺から離れると異世界へ転移してしまう。召喚の代償として身体が時々、発情してしまう。……と、思い込んでいる。

実際はすべて俺が手動で王女にしている事だ。しかし媚薬を盛られたこの状況は、王女にとって似たようなもの。あとは王女のする事と言えば……。あれ？

「シノ？」

「ああ、いや」

これ、下手したらこの部屋に来ないかな、アリシア王女。

俺と恋人関係になったのは、旅の間中、身体があんな風に発情してしまうからだ。

そして、その火照りを鎮める為に王女は俺に身体を預ける。本番はなしだけど。

「わかりました。アリシア様。この部屋でお身体をお休め下さいね。また後で……」

「ええ。また話をしましょう。メイリア様……んっ」

「ふふふ……」

メイリアは、王女を置いて部屋を出た。すぐに手は出さないのか？

今、【異世界転送術（第3スキル）】のターゲットは、王女、ユーリ、メイリアになっている。

三人悪女の全員を監視できる状態だ。一度に見れる相手も三人まで。

俺は、アリシア王女の様子と、メイリアの様子を同時に窺いつつ。

「シノ、んっ、あっ……あん……」

ユーリの身体を愛撫する。胸を揉みしだき、肌に指を這わせて。

「あっ、ん。もっと、触って……んっ、あっ」

ユーリはもう完全に俺の女だな。いや、今は媚香のせいか。

「はぁ、んっ。んっ、だめ……気持ちいい、シノ、あ……」

ベッドの上。ユーリを愛撫しつつ、俺も服を脱いでいく。ユーリも首のチョーカーだけ残して、他は下着さえ着けていない裸にしてやった。

「はぁ……最悪、ですわ。ワタクシが、こんな……メイリア様にまで恥を」

すると、耳にアリシア王女の色めかしい声が聞こえてきた。彼女は既に部屋のベッドへと移動している。そして自ら衣服を脱いで……裸になっていった。

王女も十分に媚香にやられ、発情している状態だ。

あんな風にしてまで放置するだけなのか、メイリアは？　……いや。

「ふふ。王女様は、一体どんな風に乱れるのでしょうね？」

彼女は、王女の居る『花の部屋』の隣室へ移動していた。そして鏡を前にして。

違う。アレは、マジックミラーのようなもの？　挙動が魔術っぽいソレには、王女の姿が映し出されている！　つまり、覗き専用部屋？　王女の痴態を覗く気だ！

「くっ、くく」

「はぁ、ん……シノ？」

「いいや」

「あんっ！」

姿勢を変えて、ユーリを背中から抱き締める体位になる。そして手をまわして、彼女の身体中を愛撫していく。胸、尻、腹、太もも、そして秘部まで。

「あっ、あっ、あんっ、ぁあ……！　シノ、気持ちいい……あっ」

メイリアは、かなり俺と趣味が合うらしい。王女の痴態を覗いて、とか。

「はぁ……、ん。こんな……身体、いつまで、あのケダモノに……」

王女も王女で、自らを慰め始める。俺の部屋には来ないようだ。少し残念。

「まぁ。はしたないですね。アリシア様。ふふ」

……とかいうメイリアも、王女と似たような行為をし始めた！

「おお……！」

ユーリを抱きながら、王女と女魔術師のオナニーの生中継を見る。

なんだ、この状況？　凄い事になってきたな。三人の悪女たちが今、全員、淫らな声をあげている。俺だけがそれを全て聞いて、見ているんだ。全能感が凄い。

「はぁ。どうせ、あのケダモノオークは、部屋でユーリさんと……あっ」

そこでアリシア王女は、腕に着けていた【感覚共有の腕輪】に目をやった。

誰がケダモノオークだ。誰が。いや、否定できる状況じゃないが。

「……はぁ。ワタクシと恋仲になっておいて、あんな女を抱いて、満足するなんて」

いえいえ、ちゃんと恋人として振る舞ってくれるなら良いんですよ？

「……どんな風に、シてますの……んっ」

あれ、まさか。いや、でも発情してるからな。頭の中はピンクいっぱい。だとしたら。

「ユーリ」

「んっ。シノ……あっ、……ちゅ、ん」

俺は、ユーリにキスをする。舌を入れて、念入りに。

「あっ！　こ、これは……キス、してますの……？　んっ、あっ」

……やっぱり！　アリシア王女は腕輪の効果で今、自らユーリと繋がった。

俺とセックスしているって分かっていながらだ。

「……はは」

俺はユーリの身体をもっと責める。

「あっ、んっ！　シノ……！」

「んっ、あっ！　あ、そんなところ、触らないで、あっ」

二人の喘ぎ声がシンクロする。

俺は今、ユーリを通してアリシアも抱いている状態だ。

「はぁ、あっ、ん！　くっ、このケダモノ……！　あっ、こんな事を、して、ワタクシに
……あっ、勇者なんて、ケダモノですわ、やっぱり……！」

「あらあら。妄想の相手は勇者様だなんて。アリシア様ったら。ふふふ……」

別の映像では、メイリアが王女の痴態を嘲笑う。

彼女から見れば、王女が盛って、俺を相手に妄想してオナニーしている姿だ。

いや、実際にアリシアの頭の中では俺にされている事を思い浮かべているのだろう。

あのアリシアが俺を妄想しながらのオナニー。

そして俺に触れられる感覚もユーリを通して、伝わっている。

「アリシア様は、勇者様のことがもうそんなに好きなのね。ふふ」

「くっ……！　あんっ、だめっ、そこは……ぁあんっ、ワタクシにこんな事を……！」

「んっ、んっ、シノ、もう、焦らさないで……お願い……」

「まだだ。もう少し、もっと可愛がってやる」

「ああっ、んっ！」

実際に俺が抱いているのはユーリだけだ。しかし、俺の手でアリシア王女は喘ぎ、その痴態をメイリアに見られて煽られている。ははっ……。

「ユーリ、ほら。身体を……」

「あっ、んっ……うん。来て、お願い……」

俺は、ユーリの身体を支え、秘所に指を当て、広げる。『挿入する』と身体の感覚で伝わるように丁寧に愛撫しながら。

「あっ、あっ、まさか……そこは、そんな、するつもりですの……あっ」

「まぁ。本当にはしたない。王女様ともあろう人が。ふふ」

「んっ、んっ……あっ」

「ふふ、シンタさんと交わる事で頭がいっぱいなんですね？　貴方の頭の中では、彼と繋がるところなんですか？　アリシア様」

ゆっくりと。衝撃よりも快感が深くなるように、俺は彼女達の中に侵入する。

「あっ、あっ、あっ！　中、に……！　入ってきます、の！　あっ、こんな、ああっ！」

アリシアは今、ユーリの身体を通して自分の中に俺のモノを受け入れている。

「ああ！　こん、なっ……！　あっ、気持ち、いい、だなんて！　やっ、だめっ、動いてはいけませんわ……あっ、ゆっくり、も、だめっ、あっ、ワタクシ、こんなに……！」

「シノっ、あっ、んっ、あんっ、はぁ、凄く、いいわ、あっ、んっ」

「ああ、可愛らしい。アリシア様。好きな人に抱かれる妄想で、そんなに激しくされているんですか？　責められて嬉しいんですね？　ああ、んっ……！」

メイリアも王女の痴態を眺めながら自らを慰めている。

やっている事は、ほとんど俺と変わりない。いや、趣味が合うね。

「あっ、あっ……！　これが……性行為、ですの……！　あっ、こんなに……！」

アリシア王女は、もう止める気がないようだ。それに感覚共有を切る気もない。

「あんっ、シノっ、シノっ、もっと、もっと激しく、シて……！」

「やっ、んっ……。激しく、してはだめですのっ、あっ、こんなに強い刺激……あっ、指でされるより、凄い、なんて……！」

俺の身体の下で喘ぐユーリ。それに合わせて感じるアリシア王女。

そして、その姿を見て、自分で慰めるメイリア。

まるで全員が俺の手の平の上で踊り、快感に翻弄されているような感覚。

「ユーリ、もうイけ、イけ！」

「あっ、あっ、うん！　あっ、シノっ、ぁあ！」

「あっ、だめっ、もう！　ワタクシ、これ以上、されたら……！」

「可愛らしいアリシア様。いいんですよ、ええ。そのまま素直になって？　んっ！」

俺は、ラストスパートをかける。ユーリを抱きながら、王女をイカせるつもりで。

「あっ、あっ！　シノっ、ああ！」

「やっ、だめっ、だめですわっ、あっ、こんな……！　ワタクシ！」

そして——。

「あっ、イく、イく、やっ、イく、……イくぅ！」

「ああ……！　良い、良いんですよ。果ててしまって。一緒に……アリシア様！」

「あっ！　だめだめっ、ワタクシ、ああ！　やっ……ん、あっ」

俺は、彼女の奥に射精する。

どびゅううるうるうう!!!

「あっ、ぁあああ……！」

「あっ、あっ、だめっ！　中！　熱いの！　あっ！」

「んっ……！　あっ、ん！」

「あっ、ああっ！　シンタ様！　あっ、んっ、好きっ……！」

ビクン！　と大きく彼女達の身体が跳ねた。俺の精液を膣奥で受け止めながら。

それは妄想だからなのか。アリシア王女は俺の名前を呼び、あまつさえ好きと叫んだ。

やっぱり王女の中でもセックスは相思相愛のものなのだろう。

「あっ、はぁ……はぁ……あっ、あ、はぁん……」

ビクビクと小刻みに身体を震わせながら、絶頂の余韻に浸る無防備なアリシア王女。

その姿は、本当に俺と愛し合った後のようで。そして、その心も。


——【王女の心の鍵】を一時的に解放しました。

——第5スキル【鏡魔法（かがみまほう）】を解放。


「あっ」

新しいスキルが解放された！　やっぱりアリシア王女を抱くと解放？

元々の仕様とは思えないが確定でいいだろう。王女は身体から堕とすべし。

「はぁ……ん」

俺は、ユーリとアリシア王女の様子を見ながら、モノを引き抜いていく。

「んっ……はぁ、や……ん」

「あ、んん……はぁ、はぁ」

そして、その身体から離れないように抱き締めた。そうするとユーリは気持ち良さそうな顔をして、俺の背中に腕をまわし、抱き着いてくる。

「はぁ……。良かったわ……、シノ」

「ああ」

俺は、裸で抱き合っているユーリの頬に手を添え、顔を上げさせてキスをした。

「ん、ちゅ……ん」

セックスの後の優しいキスと熱い抱擁。

何度か肌を重ねてきたけどユーリの反応が一際いいんだよな、こうすると。

……ユーリって純愛エッチ好きなのかも。悪女なのに。

「はぁ……はぁ……。最悪、ですわ。ワタクシ、こんな……。ケダモノ……」

で、アリシア王女は相変わらずと。俺はステータス画面を確認してみた。

◆第5スキル【鏡魔法】
・すべての攻撃系魔法の使用をロックする代わりに、反射の魔法【鏡魔法】を修得・強化するスキル。
・【完全カウンター】に『勇者に害を為す魔法』のすべてを反射する事が出来るようになる【全魔法反射】の効果を付与する。

・また反射しない魔法を選択する事もできるようになる。
・条件を満たす事で使用できる魔法のレベルが上昇する。

◇鏡魔法Ｌｖ１『鏡の盾』
・魔法反射効果のある鏡の盾を召喚する魔法。
※条件：【魔法修得】の儀式を受ける。
※また各属性の修得儀式数によって召喚できる『鏡の盾』の数・種類が増える。

◇鏡魔法Ｌｖ２『鏡の結界』
・魔法を反射する結界を生成する魔法
※条件：聖女から【勇者承認】の儀式を受ける。

◇鏡魔法Ｌｖ３『鏡の魔眼』
・視認した魔法を反射する魔法
※条件：■■と■■する

「……鏡、魔法」

また、ややこしいのが。……って。

すべての攻撃系魔法の使用をロック？　バカなの？

戦闘が本業の勇者から攻撃魔法を封印(ロック)すんなよ！

レベル3の魔法に至っては条件が文字化けしてるし！　王女のせいだろ、コレ！

ていうか、またカウンター系のスキル？　攻撃魔法をすべてロックしてまで被りスキルを習得ってバカなの？　いや、第2スキル【完全カウンター】に強化が入っている。

このスキルもやはり【即死魔法】メタなんだ。

むしろ、このスキルが解放されてなかったら俺は魔王に勝てなかった？

やっぱりスキルロックは悪手だろ。アリシア王女め。……しかし、にしても。

俺って、もしかして『カウンターの勇者』のカテゴリーで召喚されてない？

8話　温泉！　覗き！　そして……

俺、篠原シンタは勇者の第5スキル【鏡魔法】の封印を解いた。

しかし、これを使う為には【魔法修得】の儀式とやらをメイリアに受けねばならない。

「ん。シノぉ……？」

「おはよ。ユーリ」

俺は、裸に黒いリボン……【黒の拘束衣】が変化した状態……姿のユーリを抱き寄せ、そしてキスをした。本物の恋人のように。

「ん、ちゅ……」

でもユーリも満更じゃなさそう。エッチの時もかなり情熱的だったしね！

「もう体調、大丈夫そうか？」

「んー……。大分、落ち着いたわね」

「そうか。そりゃよかったな」

とはいえ、昨晩のデレっぷりは、この屋敷に焚かれていた媚薬の香りのせいだろう。

女盗賊ユーリにとって俺は父殺し。そう簡単にデレるもんでも……ない、筈だが？

「シノぉ……」

ユーリが、べったりと俺に引っ付いてくる。まだ下着もつけてないのに。

「ユーリ。お前な」

「なによー」

なによー、じゃないが。デレ過ぎじゃない？　マジ、どういうメンタル？

いや、元の盗賊団の環境が彼女にとって最悪で、今の方がマシって理屈は分かるけど。

「はぁ、ったく」

「んっ」

俺は、よしよしとするように彼女を抱き寄せ、そして髪の毛を梳くように撫でる。

ユーリは、それだけで気持ち良さそうに俺に身を委ねてきた。可愛い。猫かな？

なんだかんだ俺も対応が、かなり甘くなってるな。……初めての女だからなぁ。

「あの青髪女。変態ね。間違いなく」

「……まぁ、そうだなぁ」

昨晩は、お楽しみでしたからね。俺を含めて三人悪女の皆さんも。

「ユーリには話しておくけどさ。メイリアのプロフィールには……」

俺は、女魔術師メイリアについてスキルで知った情報をユーリと共有する。

「何それ。ヤバくない？」

「ユーリに言われたらオシマイな気もするが……」

女盗賊ユーリと女魔術師メイリア。どっちの方が悪女だろうね？　うーん。

まだ俺にとって最大の悪事を働いていないアリシア王女は、むしろまともなのでは？

魔王討伐後に『おーっほっほ！　この時を待っていましたわ！　死になさい、勇者！』

……とか、なんとかやってきそうな王女様なのだが。うん。三人共、アウトー。

「気になるのは『魔王の因子を亜人の子供に植え付け、獣に変えた』って話なんだよ」

「亜人の子供。それって、もしかして？」

「ああ。ティナちゃんとライラちゃんの友達。一年前に失踪した、ルーシィちゃん」

「……その子が、ここに居るかもってこと？」

「ここに居るかは分からない。でも盗賊団をメイリアが使ってきたのは事実だろ」

怪しい事には違いない。ただ、この世界って魔物がいる世界だ。

失踪した子供が、さて。誘拐されたのか、それとも魔物に殺されたのかと問われると。

「ま、普通は誘拐よりも魔物を疑うからねぇ」

それが普通なのか。異世界のスタンダード。日本の野生動物の比じゃないもんなぁ。

なにせ昨日は青肌のオークと出くわした。スキルがあったから撃退できたが、あんなもんと道端で出くわす世界は怖過ぎる。皆さん、軽い気持ちで異世界転生しないように。

「【異世界転送術（第3スキル）】で出すアイテムがメイリア相手だと見抜かれるのがなぁ」

俺の打つ手の大半が封じられているようなものだ。対人では反則だったんだけどな。

なにせ戦闘素人の俺が、格上の盗賊団を一人で撃破できたのだ。

今回は、前回のようなやり口が通用しない。アリシアにしている思考誘導のような行為も出来ないって事になる。或いは、通用するやり方を考えるか。

「屋敷の調査は必要だと思う」

「シノがそこまでする必要あんの？　ガキ共、所詮は他人でしょ？」

「……そう、だけどな」

しかし、あのぐらいの歳の子が不幸な目に遭っているとしたら、見て見ぬフリが出来るか？

あの時は、ティナちゃんとライラちゃんが、かなりピンチだった。

だから、なりふり構っていられなかった。次は、どうするだろう？

俺は自分をそこまでヒーローメンタルしてないと思っている。なら見捨てるだろうか？

「まぁ、アレ。見てみない事には分かんないって。無理そうなら手を引くし」

「ふぅん。それでいいんじゃない？　シノは。私と楽しくやってなよ」

エッチ後の朝にその台詞、言うの？　いやらしい意味で受け取るぞ。

俺、ユーリ、王女は、メイリアの待つ儀式部屋に集まった。

「それでは今日は【魔法修得】の儀式を行いましょう。当然、最上級の儀式です」

シンプルな魔法。例えばファイヤーボール！　みたいな魔法だけを習得する儀式ではなく。おそらく、もっと深いものを。

「儀式は属性ごとに行います。即ち、火・水・風・土・聖・治癒の六属性魔法です」

「メイリア先生が、騎士団長を最後にぶっ飛ばしたのって風属性ですか？」

あの決闘の時。最後に騎士団長は不可視の衝撃にぶっ飛ばされていた。

透明な魔法。該当しそうなのは風属性だが、イメージと実際の挙動が違ったんだよな。

「いいえ。風属性は、……このように」

と。メイリアは右手を掲げる。すると、そこには緑色の光の渦が発生した。

「基本的に無色ではなく、緑色のエネルギーの奔流となって現れます」

風なのに色付き。この世界の不思議議発見。まぁ、分かりやすいけどね。

「緑色でない場合もありますが、基本はこの色といった所でしょうか」

「ふぅん。じゃあ、あの衝撃波は？」

「あれは……ふふ。秘密です」

なんでだよ。メイリアのとっておき。つまり必殺技か？　騎士団長だってトップクラスの実力者の筈。彼女だって心底舐めてはいなかった筈だ。なにせ騎士団長様だし。

となると、確実に当てたい。かつ高威力の魔法だった。風属性に色が付くのが基本仕様なのだとしたら、考えられるのは……。

「では、さっそく始めていきましょう。まずは火属性の儀式から」

俺は魔法陣の中央に座らされ、そしてメイリアは、その前に立つ。魔力……を魔法陣に流し込んでいるようだ。そして。……。え？　もしかして、このまま待機？

「メイリア先生？　……けっこう時間、掛かります？」

「マナスフィアに入力（プログラム）された魔法を魔法陣に染み込ませ、それをシンタさんの身体に刻み込みますので。相応の時間を覚悟してください」

おうふ。途中でトイレ休憩は挟みますか？　そういうの始める前に言ってね！

「魔法を修得なさったら、そろそろ勇者様の、民へのお披露目を考えていますのよ」

「え？　顔出しするんですか？」

「そうですわ」

すみません。俺、顔出しＮＧなんで。事務所を通してくださいます？

「……でも、魔法を覚えた所で、それって、こっちの世界の人にとっては『普通』のことなんじゃありませんか？」

これが俺のファイヤーボールだ！　とか言って得意気になっても場が白けるだろ。

「そこは演出次第ですわね。派手な光を空に放つ魔法陣にでも包まれた後、空に大きな火の魔法でも放つ姿でも見れば、民は満足してくれますわ」

詐欺じゃねぇか！　今の俺のスキルって、そんな派手なの全くないぞ。

そして全攻撃魔法は、新たに解放された【鏡魔法】（第5スキル）によってロックされている。

……おや？　これは勇者デビュー失敗確定の流れでは？

「勇者様が当面、期待外れであればメイリア様に演出をお願いしますわ」

おいコラ。期待外れを想定してんじゃねぇ。間違ってないけど！

とにかく俺の儀式は、そうして始まった。およそ半日は掛かるものらしい。

アリシア王女は、とっととメイリアの侍女達に連れられて場所を移動してしまった。

ユーリは部屋の隅っこで、ちょこんと座って待っている。なんか可愛らしい。

「……メイリア先生は」

「はい。何でしょうか、シンタさん」

「魔王退治の旅に一緒に来るのですか？」

俺のスキル生成アイテムを見抜く彼女が同行するなら、アリシア王女に対するいたずら・・・が見破られてしまう危険性を伴う。言ってしまえば勇者の天敵のような女だ。

「……魔王退治の旅に出る事は、私にとってメリットがあります」

「ほう。メリット？」

「まず、魔国に近付くにつれ、より強力な魔物と対峙する事になるでしょう。そうしましたら貴重な素材を手に入れるチャンスになりますね」

「ふむ」

素材目当ての同行。研究材料とかになるんだろうか。

「そして、魔王退治に尽力した、名高き魔術師としての名声が手に入りますね」

「名声」

その発想はなかった。だって命懸けの旅というか。過酷さの方が際立つだろう？

「貴族令嬢だから、ですかね？」

名声の為にって動機は、なかなか分からない感覚だ。

「それもありますよ。ただ私はですね。小さな頃から領民達に好かれるように振る舞ってきまして。色々、これからシンタさんがされる予定のように『人気者』になるように育てられたんです。お父様のお考えでね」

「人気者ですか？」

「はい。偶像の演出ですね。大衆受けのいい、人気者の女魔術師、という具合に」

ご当地アイドル的な？

「私、これでも領民の間では人気があるんですよ？　それにユーミシリア領自体も広いので、かなりの人に人気があるんです。有名人ですね」

自分で言うか？　ますますアイドルっぽい。

「悪くないものですよ。沢山の人に好意的に受け入れられるのは」

「メイリア先生は、その事を嫌々やっているんじゃないんですね」

「ええ。お父様の考えではありますが、好きでもそうしています。お父様、私には甘い人ですからね。強制はされてないんですよ」

……甘やかした結果、こんな悪女に育っちゃったんだと思うなぁ。

あと魔法陣の上に座る俺と、椅子に座るメイリアの関係でスカートの中が……。

見えっ……ない！　残念！　でも見れそうなチラリズム！　これもいい！

「シノ？　なんかバカなこと考えてない？」

態度と視線で俺の心を察するなよ、ユーリ。

「私は、この領地だけの人気者ではなく、もう少しそれを広くしたいと考えています」

「つまり……全国デビュー的な？」

「全国……それは大きいですね。全ての国ですか。ふふふ」

いや、そういう意味じゃないけど、全国って。違うよね？

「ですが、そうですよ。勇者と共に魔王を討つ、というのは全ての国における名声を得ると言えるでしょう」

「あー、まぁ。そうなりますよね。人類救済ですから」

デカ過ぎて、自分の理由にするには、ちょっとピンと来ないけどな。

「大変に興味があります。ですが、きっとお父様が旅を認めて下さらないでしょうね」

「それは……」

貴族令嬢を旅に出す親は普通……いや、名誉なんだったか。この国では。

「私であっても家に縛られているのです。世界を旅する事も吝かではないんですが。色々と……捗りますからね。でも難しいですよ、きっと。出て行けないです」

捗る。実験材料の確保とかですか？　普通に止めて下さいね！

そんな風に女魔術師メイリアと雑談を続けて、時間を過ごした。そうして。

「シンタさん。何か感じませんか？」

「感じる？」

「はい。火属性の儀式が終わりました。貴方は、これで魔法が使える筈です」

「おお……」

本当ならば、もっと感動していたのだが。

しかし、悲しいかな。俺は既に火の魔法が使えない事を知っている。

俺が新たに使えるようになった魔法は【鏡魔法】。そして、その中のレベル1。

「──『鏡の盾』！」

「え？」

翳した手の前、空中に光が集まった。そして一つの形を成す。

「っと！」

俺の手には、銀色で丸い形の盾が握られていた。外周には装飾が施されている。

盾の表面はツルツルした、まさに鏡。スタンダードな片手持ちサイズの円形盾だ。

適度な重さ。右手に剣を持って、左手に盾を持てば、まさしく王道(テンプレ)の勇者姿だろう。

「おお……。魔法、って感じかどうか分からないけど」

「シンタさん。その盾は一体？」

「はい。どうも……新しいスキルが解放されたようなんです。今」

「今ですか」

昨日から知ってたけどね！　でも使えるようになったのが今なのは本当だ。

「……盾の、召喚スキル、ですの」

「ええ！　どうも【魔法修得】の儀式が鍵となっていたようで」

「……そう。それは……」

アリシア王女的には不本意だろうなぁ。封印が上手くいっていないと思ってそう。

「地味、ですわね……」

おいコラぁ！　地味って言うな、地味って！　そりゃたしかに地味だけど！

「さらに儀式を重ねれば、出せる盾の数や種類が増えるそうですから！」

「……盾の数と種類を増やしてどうしますの？」

うぐぅ！　分からん。いや、でも。想像できなくもないな？　だいたいパターンだろ。

「で、ですが！　かなり勇者っぽくはなったでしょ？　ほら！」

俺は、剣と盾を構えて見せた。右手に剣！　左手に盾！　青いマント！

おお、勇者よ。とうとう、ここまで来たか。

「……別に盾が欲しければ、買うなりすればよろしいですわ」

「うぐっ！」

くそぅ。ぐうの音も出ねぇ。とはいえ、この盾。たぶん最終的には、魔王対策で一番に重要な盾になる筈だよな？　なんたって鏡の盾だ。

メデューサの石化の魔眼を反射した英雄ペルセウスの盾のように。

魔王の【即死魔法】を反射する盾になる……筈だ！　なんか形もそれっぽいし！

「……まぁ、よろしいですわ。儀式をすべて終えてから考えます。少し演出を練り直す事になりますけれど。……はぁ」

あからさまに失望しないでくれ、マイハニー。なんか凹むだろ。

「とにかく。あと五回の儀式をするにしても今日は終わりにして明日にしませんか？」

「ええ。もちろん、メイリア様の予定に合わせますわ」

俺の予定には合わせませんわ？　ですね。分かります。

「でしたら。ふふ。今日は……一緒に入れますね、アリシア様。露天風呂」

「え、ええ。そうですわね。メイリア様が望むなら」

「もちろん！　ふふ。ユーリさんも来ますよね？」

「……私も？　王女様とお貴族様と一緒ってこと？」

「あら！　そんな事を気にしなくてよいじゃないですか。ふふ。それに私を襲おうなんて考えても仕方ないと思いますよ？」

強いから。ね。うわぁ、強者の自信だ。

「もちろんアリシア様の事だって襲われる心配はありません！」

いや、逆にアリシアやユーリの方が襲われるのが心配なんだが？

「……シノぉ」

事情を知っているユーリがなんか助けを求めた目で見て来る。ははは。知らんな。

「せっかくだから行ってきなよ、ユーリ。服ももちろん緩めるし」

「はぁ。別にいいけど、シノ。アンタ。私を信用し過ぎじゃない？」

お前が言うな。ユーリは俺にデレ過ぎだろ。

「メイリア先生。そのお風呂って、俺は……」

「あ、すみません。男性用のは用意していなくて……」

「あ、はい。部屋で済ませまーす」

そもそも今この屋敷、ほとんど女性しか居ないからね！　趣味の家！

三人悪女は一緒に露天風呂の温泉に向かった。

俺は大人しく部屋で過ごす？　……はは。そんなバカな。

スキルの他にまだ試していないアイテムがあるじゃないか。

実際は亜人の村から帰って来る途中で試してはいるんだがな。

「――【透明ローブ】」

頭から伸縮自在の布をすっぽりと被る。そして透明化。これで人には見えなくなる。

魔法界には欠かせない、そんなレアアイテムを俺もゲットだ。

「これなら屋敷の調査も、それに……覗きも出来る！」

いや、監視機能で映像越しなら、色々ともう覗いているんだけどな。

しかし、やはり肉眼とは趣きが違うのだ。しかも対象の内の二人は、俺の恋人みたいなものである。なのでセーフ。あと悪女なのでセーフ。ホントか？

「……メイリアの魔眼にバレるかな？」

うん。それを確かめる為にもチャレンジしてみよう。

この世界において勇者とは即ち性欲オーク。アリシア王女も失笑で赦してくれるさ！

こうして俺は、一度は部屋に戻り、大人しくしていると見せかけてから。

姿を隠して透明になった。

アリシア王女、ユーリ、メイリアの居る温泉へと向かう俺。

この勇気。まさに勇者と言えるだろう。うんうん。ぐへへ。

……で、だ。

メイリアは透明化した俺に気付かなかった。警戒していないだけかもしれない。

とにかく。俺は三人の美女の裸をじっくりと堪能した。誰もタオルで隠していない。

アリシア王女は、裸の上に綺麗な金髪を流し。

ユーリは、裸の上に黒いベルトが伸びたマニアックなエロさを見せ。

メイリアは、その大きな胸と美しさを兼ね備えた身体を惜しげもなく晒した。

全員が女性的な身体。仕草まで。そこには……男の夢が……詰まっていた。

露天風呂に響く女性陣の声。湯気の向こうに見え隠れする肌。

そこは男子禁制の園。人類の見果てぬ夢。

そして良い子はマジで真似をしてはいけないし、真似したら普通に逮捕。

人生を棒に振る事になるので自重しようね！　という最高の景色だった。

彼女の許可を取ってるならギリセーフかもしれないね。うん。

「……ふぅ」

良かった。とても良かったと、言っておこう。

セックスとは違う良さがあった。

というか、今もその良さは続いている。【異世界転送術（第3スキル）】の監視機能で、三人の裸を絶賛放送中だ。俺は透明の姿のままでメイリアの屋敷の探索を始めていた。

（……誘拐された亜人達がこの屋敷に居るかもしれないからな）

別荘地だというこの場所。もちろん居るとは限らない。彼女の家の本家にこそ、そういう監禁場所があるのかもしれないし。なければないで仕方ないんだ。

俺は、やれるだけの事をやった。そう思って手を引こう。

なにせ俺の目的は、あくまで日本に帰る事だからな。人助けじゃない。

ましてや魔王を倒すなんて、知った事じゃないんだから。

「キュー……」

「ん？」

なんだ？　何か可愛い鳴き声が聞こえたな。動物の声だった。

猫って感じじゃないな。どこだろう。

俺は透明のまま、その声のする部屋へ向かう。

「キュー、キュー……」

「……フェレット?」

「キュ?」

その部屋には、一つの檻籠があった。そして、その籠の中にはフェレットが一匹。

鳴き声を上げていたのは、このフェレットだ。メイリアのペットだろうか。

籠の前には、名札が付けられている。

……待てよ?　ペット。メイリアの?

ゾクリ、と。何か嫌な予感が背中を駆け抜けた。

この世界の文字は、どうしてか翻訳されて読む事が出来る。

だから。フェレットの檻籠の名札の文字だって、俺に読む事が出来た。

名札にはこう書かれていた。

――ル・ー・シ・ィ。

……それは。その名前は。

ティナちゃんとライラちゃんの友達の少女のものと同じ名前……。

「……キュー」

変わり果てた、その少女は……、そう鳴き声を上げたのだった。

9話　ルーシィ

「キュー……」

マジか。あの女、マジか。それはない。やっちゃいけない事だろうが。

いや、でも、しかし。本当にそうなのか？　どうやって確かめる？

この、目の前に居る、檻籠の中に入れられたフェレットの正体をどう確かめる？

「あ……」

「キュ？　キュー？」

今、俺は【透明ローブ】の効果によって、透明化している。アイテム効果によって音も遮断している筈なのだが……効果が完璧じゃないのかもな。

檻の中のフェレットからすれば、誰もいない場所から声だけが聞こえているようなものだ。訝しむのも無理はない。

このフェレットの正体が亜人の少女かどうか。それを確かめる、とっておきのスキルがある。それは勇者の第1スキル【人物紹介】だ。このスキルは対人限定で作用する。

対象を人間に限定した鑑定スキルだ。もしも、このスキルに反応するならば。

「――第1スキル【人物紹介】、発動」

◆ルーシィ
性別：女
年齢：12歳
プロフィール：
『フェレットの亜人の少女。ティナとライラの友人。一年以上前、亜人の村の外れで誘拐された子供。両親は健在だが、娘は魔物に殺されたと思い、悲しみに暮れている。
　メイリアの対魔国・対魔王実験により【魔王の因子】を植え付けられ、身体が変貌、獣化させられてしまった。呪いに近い性質の獣化を強制されており、魔王を打倒する事でしか、元の姿に戻る事ができない』
悪行：

　……あんまりなプロフィールが刻まれていた。

「はぁああ……！」

「キュー？」

　マジだよ。やりやがった、あの女！　この子がルーシィちゃんで確定だ！

これじゃ見つかる筈がない！　なんてヤツだ、メイリア＝ユーミシリア！

悪行もない。純然たる、ただの子供。完全な被害者。既に知り合った子供達の友達。

「透明化、解除」

「キュ、キュー？」

「ああ、ごめんごめん。驚かないで。幽霊とかじゃないからね。ただの人間……、ああ、えっと。……勇者だから、俺」

「キュ？」

勇者。その言葉が、どれだけの意味を持つか。この子にとって安心できる材料なのか。

「ティナちゃん、ライラちゃん、って。君の友達だよね？　ルーシィちゃん」

「キュー？」

「君の本当の姿は、その姿じゃない。亜人の女の子だ。そうだろう？　ティナちゃんや、ライラちゃんに『ルーシィちゃんを助けて欲しい』と言われていてね」

「キュ、キュー！」

この子にとって安心できる存在である為に。俺は勇者を名乗った。

「落ち着いて。落ち着いてね？　今の状態だと君の言葉が分からないんだ」

「キュ、キュー……」

しょんぼりするフェレット。可愛らしいが、同時にあまりに可哀想過ぎる。

誘拐された子供。親には既に殺されたと思われている。

助けを求めようにも人語すら話せない獣に変えられてしまった。今は不自由な檻の中。

……こんなの、あんまりだろ。助けたい。助けなくちゃいけない。だけど。

「魔王を、倒す事でしか……元の姿に戻せない……」

どうやって？　この子が？　違うだろう。それは不可能だ。

魔王を倒すのは……勇者しかいない。つまり、俺だ。

ルーシィちゃんを助けてあげられるのは俺しかいない。だが、だけど、それは。

「キュー……」

ユーリを倒し、盗賊団を倒せば救い出す事のできたティナちゃん達とは話が違う。

魔王の討伐。それは勇者の最終目標。……どれだけの時間が掛かるのだろう。

どれだけの強さが必要になる？　俺はそれを成し遂げられるのか？　命懸けで？
・・・無理だ。なんて言葉が頭の中に思い浮かんだ。だって俺の目的は日本への帰還だ。
魔王の討伐なんて最初っからする気がなかった。アリシア王女を手玉に取り、そうして
悠々と日本へ帰る。家では両親と、妹のありすが俺の帰りを待っていて……。

「キュー……」

見て見ぬふりをしてしまいたい。この子の事を見なかった事にして。

亜人の村に行ったら、ごめん、見つけられなかったんだ、と。……そんな風に。

「……出来るワケねぇだろ」

この子は家へ帰らせる。もう娘が死んでしまったと思ってしまった両親の元へ。

だが、その後は？　たしかに家に帰らせる事だけは出来るだろう。問題は、その後だ。

『どうやって元の姿に戻せばいいんですか』

……聞かれるだろうな。子供達なんて、また俺に頼るかもしれない。

勇者様なら調べてくれますよね？　って。そうして俺は知っている。

彼女の元の姿の取り戻し方を。

それが俺にしか出来ないからと、この世界に召喚された事を、知っている。

魔王を倒さないって事は、この子を見捨てるって事になるんだ。

……くそ。なんて事をしやがる、女魔術師メイリア。

「あの女、まさか魔王の手先ってんじゃねぇだろうな……」

「キュー？」

ありえるぞ。俺のスキル、あいつの魔眼を見破れなかったしなぁ。魔眼そのものが見破れない仕様なのか。それとも、あの女が隠蔽に長けているのか。どっちだ。

「……監視は出来るんだよな。メイリアの動きを監視して……」

しかし待て。ルーシィちゃんのプロフィールに書かれている内容を見ろ。

対魔国・対魔王実験と書かれている。これって、つまり魔王側とは敵対しているって事だよな？　いや、そうとも限らないか？　でも、魔王側だとしたら、俺にオナニー姿を見られてしまうって大分、間抜けな気が……。単なるマッドサイエンティスト？

私、また何かやっちゃいました？　系？　……なんかこれっぽいんだよなぁ。

「うーん……」

「キューゥ？」

……可愛いな。フェレット。中身が人間って知らなかったら、ひたすら可愛がりたい。

今なんて俺の悩む声に合わせて、一緒に首を傾げる姿がチャーミングだ。

ルーシィちゃんは見捨てられない。だが、その為に魔王を倒す覚悟を決められるか。

旅をする覚悟じゃない。倒す覚悟だ。今までとは話が違う。今までは単にアリシア王女を篭絡さえすれば良かったんだ。それで帰れる勝算があった。けど、これからは……。

「――シンタさん？」

「どぅわっ！」

「きゃっ!?」

「キュー!?」

後ろから急に話し掛けられた。しかも問題の悪女、メイリアに。

「め、メイリアさん。お風呂あがったんですね」

「はい。良い湯加減でしたよ」

そうか。ちなみにアリシア王女の貞操は無事か？　それは俺のだぞ。

「ああ、この子の相手をして下さっていたんですか？　ふふ。利口な子でしょう？」

「ソウデスネ」

まるで人間の子供のように賢いですね。ルーシィちゃんとフェレット、どこやった？

俺のような勘のいい勇者（ガキ）はお嫌いですか？　この異世界は、まったくクソだ。

「この子はね。りんごが大好きなんですよ。ルーシィ。すぐに用意してあげますからね」

「キュー……」

ほんとに好きなんだろうな？　ルーシィはりんごしか食べ（させて貰え）ない。とか。

やめろよ、ホント。子供の虐待、食事制限、誘拐。そういうの、俺の地雷だぞ。

メイリアは、楽しそうにしながら侍女にりんごを用意させている。

……この女は、どうにかしなくちゃいけない。だが、どうやって？

「この子は、いつ頃から飼っているんですか？　メイリア先生」

「いつ？　そうですね。一年前くらいからでしょうか」

「へー」

そこは素直に言うんだな。まさか俺がルーシィちゃんに気付いていると思わないか。

……ここで話を広げるのも不味いか。何か変に勘付かれてもな。ルーシィちゃんの解放をするにしても、この女は邪魔だ。というか、色んな意味で邪魔。

こいつの魔眼があるせいでアリシア王女への悪戯が制限されているし。

ただし、この女魔術師は強い。今の俺が勝てる筈もない騎士団長に勝ってしまった。

力尽くでの排除は難しい。そもそも、こいつを倒したところでルーシィちゃんは元の姿に戻らない。……研究でどうにかさせられるか？

別に俺の【人物紹介(第1スキル)】は、絶対の答えではない筈だ。現にメイリアの魔眼の情報だって見抜けなかったじゃないか。魔王を倒さずとも元に戻せるかもしれない。すぐにだって。

「メイリア先生」

「はい。シンタさん。なんでしょう？」

「……俺のスキルの事とかで、相談があるんですけど、良いですか？」

「まぁ！　勇者様のスキルについてですか？　それは、とても興味があります！　ぜひ！」

うんうん。実験対象としての興味でないといいね！

「じゃあ、俺に宛がわれた部屋にでも？」

「はい！　そうしましょう。ユーリさんも戻っている筈ですよ」

そりゃいい。女盗賊ユーリをそこまで信用するか、という話ではあるが……現状、味方だからな、ユーリは。二対一。でも戦闘で敵う相手ではない、か。

「じゃあ、またね。ルーシィ、ちゃん。明日も顔見せに来るよー」

極めて軽く。平然とした顔で。この子をどこかに隠されたりなどしないように。

俺は、ルーシィちゃんに手を振りながらメイリアを部屋から連れ出した。

……話題を変えておこう。

俺の目的にルーシィちゃん救出がある事を彼女に悟らせないように。

「しかし、貴族っていうのも色々なんですね。メイリア先生に会って驚きました」

「と言いますと？」

「ああ、その。実は王女以外にも道中で貴族に会いまして。貴族崩れ、でしたけど」

「まぁ、そうなんですか？」

「はい。ですからメイリア先生は、その人と全然違うなぁ、って」

「へぇ。どちらの方で？」

「たしかダルカス家という話でした」

俺が会った事のある貴族の名前はヘンリー＝ダルカス。

魔物寄せの呪いを、俺のスキルが反射した影響で俺を襲ってきてしまった男。

彼は、俺が初めて殺した人間だ。気に病んではいないが、ただ……。

ヘンリーと言えば。彼の持っていたダルカス家の家宝の剣。

『彼の家族に返さないといけない』『ダルカス家に行かなきゃいけない』

……なんて。どうでもいい事を、俺は考えた。

幕間　～無貌の女～

「トワイト様。王侯騎士団長ルイード＝クラナス様がお越しです。メイリアお嬢様と、アリシア王女様について報告があると」

ユーミシリア侯爵トワイトの元に家令からそのような報せが来る。

「む？　分かった。少し待たせておけ」

応接室にてトワイトは客人を迎えている最中だった。

「……あの子、アリシアがお嬢様と会った様子ですね」

「そう、なのですかな？　私には分かりませんが」

「元よりアリシアは、侯爵令嬢を引き入れようと考えていました。当然でしょう」

侯爵と話しているのは一人の女だった。そして、その姿は異様の一言だ。

顔を仮面で覆っている女。その仮面には、目や口、鼻を表現する物は一切なかった。のっぺらぼう。顔を表す物を持たない、黒の面。無貌の仮面を着けている。

せいぜい外周部に装飾がある程度で、その雰囲気は異常とも言えた。身体付きは、成人するかしないかの女性のもので、衣装は黒い貴婦人を思わせる、黒の衣装。

その容姿は、まるで。そう、まるで魔女を思わせるものだった。

「あー、それで。何の話でしたでしょうか」

そのような異形の女に対して侯爵は敬意を払って応対していた。

「……ダルカスの宝剣を、勇者が手に入れました」

「ダルカス？　ダルカス家ですか？」

「ええ。そうです。運命が動き出したという事でしょう。……予定調和の」

「はぁ……？」

「まだ勇者は弱い。侯爵令嬢の助けが要るでしょう」

「……だからメイリアを魔王討伐に動かせ、と？」

「強制はしません。……どうせ時間が経てば必ず勇者は来るのだから」

「はは。貴方が言うのなら、そうかもしれませんな。こと、召喚された勇者については。貴方ほどに詳しい人はいない」

――その時だった。部屋には二人しか居ない筈の空間で。

「はーい！　お待たせー！」

「なっ！」

いつの間にか、別の女がそこに立っていた。

「何者だ！」

「ん？　彼女の知り合いだけど？」

「なに？　いや、そうじゃない！　ここに勝手に、」

「――停滞」

新しく現れた女の眼が怪しく光る。すると、侯爵はピタリと動きを止めた。

まるで時間が止まったかのように。そして。

「――忘却」

再び彼女の眼が光る。それだけで侯爵は脱力して、虚ろな表情になった。

怪しげな力を持つ、眼。魔眼の女。

「……やり過ぎですよ」

「はーい。あはは！　じゃあね、トワイト侯爵様？」

二人は、侯爵をそのままにして、屋敷を立ち去る。

屋敷に居る誰もが二人の事を認識出来なくなっていた。

二人が立ち去る時、無貌の女は一度、振り返る。

女は、屋敷に訪れた騎士団長ルイードを一瞥した。

「彼、知り合いなんじゃないの？　センセイ様？　ふふ」

「……私の教え子は、アリシアだけです。貴方に何かを教えた覚えはない」

「はーいはい。それで王女様には、ふふ。勇者を憎むように教えたんでしょう？」

女は、嘲るように無貌の女を笑った。

「──死にたいの？　カミラ」

刹那。彼女の強大な魔力により、カミラと呼ばれた女は圧された。

「……！　じょ、冗談でしょう？　もう、真面目なんだからぁ、ミスティ様！」

無貌の仮面の女。魔女のような女、ミスティは、カミラの言動に溜息を吐く。

「……準備は出来ましたか」

「ええ、ばっちり！　魔眼を仕込んだ、あの子。ガーゴイルちゃんは飛んでいったわ。弱ぁい勇者様の元にね。ふふ」

「……そう。なら、いいわ。……もう行きなさい」

「はーい。ミスティ様」

カミラと別れ、誰も居ない場所まで辿り着くと、ミスティは徐に仮面を外した。

素顔を晒した、その顔は。

「勇者様。……とうとう、貴方にまた会えるのですね。もし、貴方に再び会えたなら」

──アリシア王女にそっくりの顔だった。

ただ、その目だけはアリシア王女と違い、冷たい。絶望と憎悪に染まったように。

「……殺してあげる」

アリシア王女と同じ顔で、彼女は最後にニタリと表情を歪ませた。

10話　勇者として

「そっか。見つけたのね、シノ」

「ああ。ルーシィちゃん本人だ。ティナちゃん達の友達の」

女魔術師メイリアによって姿を獣に変えられた亜人の少女、ルーシィ。

俺は彼女を見つけてしまった。その境遇を知ってしまった。だけど、俺は。

「……ふーん。じゃあ、あの女、やっつけないとね。シノ」

「メイリアを？」

「だって、そうでしょ？　シノはその子、助けるんじゃないの。協力するわよ」

「なんで乗り気なんだよ、ユーリは」

お前、その子の友達を拷問デスゲームさせた張本人だぞ。悪女を忘れるな。

「だって、あの青髪女。ムカつくじゃない？」

「ムカつく？　何がだ？」

「私ら盗賊はギルドに追われて、シノみたいなのに命を狙われる立場だったわ。それに対してあの女は何？　貴族で、侯爵令嬢様で？　王女様と笑い合って。魔石代もタダ。……

あの魔石、私らは命懸け、かつ、罪人として追われて手に入れてるのよ？」

うーん。犯罪者が何を言っていやがる、と言いたい所ではあるが。まぁ、なぁ。

それを指示したのが、そもそもメイリアだってなれば話は別か。

「だから私も、そのルーシィって子の復讐に協力するわ」

「別にルーシィちゃんが復讐したいかは聞いていないんだが……」

でも、その権利はあるだろうな。大いにある筈だ。

「ユーリ。貴族だからって誰でも構わず害したらダメだぞ？」

「悪党相手なら良いのよねー、シノは」

「別にそういうワケじゃないけど」

スキルが善人を傷つけられない仕様になっているんだよ。

そういう意味ではユーリは貴重だ。手元に置ける悪女だし。俺のスキルにはパートナーが必要だからな、今のところは。作成アイテムを駆使すれば、或いはメイリアも……。

「……ルーシィちゃんを、ここから連れ出すだけなら出来ると思う」

「うん。いいじゃない」

「でも。その先が問題なんだよ」

「先？」

……これは、ユーリに言うべきか？　でもユーリからすると勇者が魔王を倒さないって話、どう聞くんだよ？　だって世界が、人類が滅びるかもしれないって事だろ。

『俺、無責任に逃げるつもりでーす』なんて、いくらデレ始めたユーリでも許容しない。

俺の目的は最初から変わってないさ。

日本へ帰る。家族の元へ帰る。ただ、それだけだ。その為にはスキルの封印（ロック）を解けさえすれば良かったんだ。そして、それは実現可能な話だった。

実際、始めは三つだったスキルも、今は【レベリング（4つ目）】【鏡魔法（5つ目）】【因果応報の呪い（6つ目）】と解放されている。あと、たった四つのスキルと細かなロックの解除だけだ。

「……いけそうなんだよなぁ」

その内に。俺は王女を篭絡し、日本へ帰る事が出来るようになっていただろう。

……だけど、帰るだけでは足りなくなったんだ。

魔王を倒す事でしか、あの幼い少女を救えない。……出逢ったばかりの子だ。

好いた惚れたがあるワケもない。ただ、可哀想なだけの少女。

けれど、俺にしか救えない子供。その為に魔王との戦いに挑む？　命懸けで？

「……俺が、そんなに善人でお人好しかっての」

盗賊団を皆殺しにしておいて何とも思わず、捕まえた女盗賊を性奴隷にしている。

まぁ、クズだろう。ゲスである。たしかに、そこで小さな子供を助けはしたが……。

「自分が命懸けってなると話が違うんだよなぁ！」

いや、盗賊退治の時も命懸けではあったんだが？　でも、あれは反則（チート）ありだったし。

……こんな序盤でエンカウントするオークに苦戦する程度の実力なんだぞ？

それが魔王の相手！　いくら相性勝ちが見込めるからってさぁ。

普通に考えて道中でやられて死ぬだろ。中ボスでも出たら、そこでゲームオーバー。

待つのは死のみである。このクソ異世界には他にどんなモンスターが居るんだ？

ドラゴンか。ワイバーンか。悪魔系で言えばサイクロプス？　ガーゴイル？

どれが来ても勝てる未来が思い描けない！　勇者、死す。スタンバイ！

「なーに、悩んでんのよ、シノ」

「っと、ユーリ」

ユーリが甘えるように身体をピッタリと密着させてくる。

しかし、この悪女。デレ過ぎだな。身体の関係があるとはいえ。

立場をわからせたいね。まぁ、普通に抱き寄せるんだけど。恋人みたいに。

「勇者としての悩みがあるんだよ。こう見えてな」

「ふぅん？　じゃあ、私が慰めてあげようか？」

いや、だから立ち位置おかしくない？　ただの彼女のムーブじゃねぇか。

「調子に乗ってると可愛がるぞ、ユーリ」

と、俺は彼女の大きな胸を揉みしだく。

「んっ」

衣服越しに無遠慮に、彼女の胸を楽しむと、ユーリは熱い吐息を漏らした。

「はぁ、ん……シノ……」

このまま抱いてもいい。ユーリも俺を受け入れているようだし。

……そうだよな。俺は、こんなヤツだ。たとえ悪女だろうと綺麗な女を抱いたら、それだけで満たされる。それが命を賭して魔王の討伐？　ないない。

「ユーリ」

「んっ、……ちゅ、ん」

女盗賊ユーリの唇を奪う。舌も入れて、深いキスをしてやった。

ほとんど俺の彼女のユーリ。俺の初めての相手のユーリ。

……ああ。この世界を滅ぼす魔王を見過ごせば、彼女だって失うんだよな。

ユーリだけでも日本に連れ帰れるだろうか。きっと苦労するだろうな。

異世界と違って、日本の戸籍管理は厳しい。不法入国者だとでも思われたらユーリは、どうなる？　地球にありもしない祖国への強制送還か。……不幸になるだろうな。

自業自得かもしれない。だが、それを俺の手で下す事になる。情を交わした女を。

日本↓異世界へは何とでもなるが、異世界↓日本への移住は、少なくとも戸籍をどうにかしてくれるご都合主義がなければ上手くいかない。だから彼女は連れ帰れない。

可哀想なルーシィちゃんを見捨て、肌を重ねたユーリを見捨て。そうして。

命惜しさに日本へ逃げるのか。……だが、それこそが賢い人生の選択だろう。

だって俺は日本人だ。日本に住んでいた、ただの高校生、篠原シンタだ。

この世界に対して何の責任も義務も負ってない。何より俺は家に、家族の元に帰りたい。

その上、アリシア王女は目的達成した後には、俺を不幸にする計画を立てている。

やってられるかという話だ。もしも俺が、この選択を覆すとするならば。

せめて、彼女が・・・。

――コンコン。

……と。その時、俺とユーリの居る部屋のドアがノックされた。

俺とユーリは、動きを止めて顔を見合わせる。……エッチの邪魔をされちゃったな。

「はーい？」

「……勇者様？　ワタクシですわ。今、よろしいですの」

「アリシア王女？　もちろん」

俺は、ユーリにどいてもらい、ドアに近寄って開いた。

ドアの向こうには顔を赤くしたアリシア王女が立っている。なんだ？

「どうされましたか？」

「……はぁ。その。少し、部屋に来てくださいます？　ワタクシ……」

なんだろう。アリシア王女が色っぽい。

これはユーリが迫って来た時の雰囲気と似ているな？　つまり。

「アリシア様？」

「と、とにかく！　来ていただきますわ……！」

「お、おお。分かりました。じゃあな、ユーリ」

「……はいはい」

ユーリ、怒ってる？　エッチの途中で放り出したから。彼女か。

まぁ、可愛い反応だけど。

それから頬を赤らめたアリシア王女に手を引かれて、彼女の部屋へ。

高貴なお姫様が、部屋に男を連れ込むなんて、まぁはしたないですわ！　ぐへへ。

「はぁ……ん」

これは完全にメイリアにまたやられたな。媚香を嗅がされて発情している。

……普通に不敬過ぎない？　処刑もんだろ、これ。王制国家だろうに、よくやるよ。

脅しの材料に使えるだろうか？　うーん。そもそも俺は、メイリアを追い込む事で何を得るんだ？　ルーシィちゃんを救う為には、魔王の討伐が必要なんだ。彼女の断罪など、まったく要らない。正義の味方じゃあないんだよな、俺。

むしろメイリアは、その実力や蓄えた知識を、魔王討伐に活かした方がいい。

「勇者様」

「と、アリシア王女」

「はぁ……。ワタクシ、また、みたいですの」

「また？」

「ですから、例の発作……、ですわ」

発作ね。今回は俺、何もしてないんだけどな。メイリアのせいだろうな。

「アリシア、様」

「あっ」

俺は、王女の肩を抱き寄せると、その頬に手を添えた。

「……キス、しても良いですか？」

「え、ええ。構いませんわ……」

いいんだ。王女の愉快なところはここだよな。俺の事を嫌いなくせに、こういう行為は許してくれる。あくまで許可を取るのが前提なのと、体調不良があるからだが。

「ちゅ、ん……」

王女に掛けたのは言葉の呪い。【勇者召喚】に対して【王女の心の鍵】という後ろめたい事があるからこそ、自身に代償が発生するのは仕方ないかも、と思い込んでいる。

「ん、はぁ……」

だけど、彼女がこうして発情するのは俺の悪戯だ。ま、今回は違うんだけど。

……メイリアとは趣味が合いそうなんだよな。女好き。男に興味はないのかな？

「ゆ、勇者様。ワタクシ、もう、その」

「ええ。アリシア王女。ベッドへ連れて行っても？」

「え、ええ……。よろしいですわ」

くく、と笑いがこぼれそうになる。強がっちゃって可愛いもんだ。

実際にする事は、俺にベッドの上で果てるまで可愛がられるだけ。

それを自ら求めているなんて、屈辱的な筈なのにな。

「アリシア様」

「あっ……」

俺は、王女を後ろから抱えるようにしてベッドの上に乗せる。

王女は俺の膝の間に座って。そして俺は彼女の太ももに手を添えて、撫でた。

「あ……」

白いドレスのような服を着たアリシア王女。その身体が俺の腕の中にある。

「はぁ、ん……」

王女は右手を上げて、後ろにいる俺の頭に回してきた。

「ここに居ますよ、アリシア様」

「んっ……！」

耳元に囁きかけるようにそう告げる。反応がいい。王女は耳が好きなのかもしれない。

俺の右手は彼女の太ももを服越しに撫で、左手は彼女の肩を支えている。

「アリシア様は……失礼ですが、ご自分で慰めたり……などは？」

「な、何をお聞きになっていますの……」

「いえ。今夜はその、お急ぎのようでしたので」

「くっ……！　そ、それは……」

恥ずかしそう、かつ、悔しそうな表情を浮かべるアリシア王女。ちなみにスキルの監視機能で、正面からの表情も映しているから見逃さない。この画面は他人には見えないからね。覗きや監視はお手のものだ。

「アリシア様？」

その大きな胸の下辺り、お腹から手を触れて、じっくりと服越しに撫でていく。

「くっ……！　で、ですから……その。勇者様が……、」

「俺が？」

「勇者様と、その、ユーリさんが、行為を、それを……」

俺とユーリ？　何の話……いや、昨日の話か？

アリシア王女は昨夜、【感覚共有の腕輪】の効果を使ってユーリが受けた感覚を体験していた。それは、つまり俺との本番行為（セックス）の疑似体験。アリシア王女は、だから。

「アリシア様は、俺との行為を、そんなにも求めて下さるのですね」

「っ……。そ、それは……」

　顔を真っ赤にするアリシア王女。可愛くない？　可愛い。

「だって、俺とユーリが交わる事を想像して、ご自分も、と。そう思って下さったんじゃありませんか？」

「そ、想像なんて、していませんわ……！」

　いや、それはウソでしょ。だって貴方、果てる瞬間に俺の名前を呼んでたぞ？

……そうだ。アリシアは、妄想の中で俺に抱かれる事を自ら想像していた。

　面と向かった王女は、俺のことを『勇者様』としか呼ばないって言うのに。

　妄想の中では、名前で呼び合う純愛関係なのか。アリシア本人が望んでいる？

「アリシア様」

「あっ……！」

　俺は、彼女の足を大胆に開かせる。女の子が足を開く姿、いいよね。

　スキルを使って正面アングルもしっかり見て堪能しておく。

「俺達、もっと深いお付き合いをする未来も……ありますか？」

　そう耳元で囁きかけながら、俺は彼女の胸を服越しに優しく揉みしだいた。

「あっ、んん……ふっ、うぅ」

感じている。アリシア王女は、俺の行為に悦びを覚えている。……はは。

「アリシア様」

「やっ、あっ、んん……、ゆ、勇者様……あっ、ん……」

胸だけでも果てるだろうか。彼女は。

「アリシア様。好きですよ、貴方のこと」

「くっ……！」

彼女の背中が、耳元で告白した途端にゾクゾクとしたように震えた。

「……耳、弱いのですか？」

「よ、弱くなど、ありません、わっ……」

「本当に？　……好き。好き。愛してます。アリシア様、アリシア」

「あっ……！」

ビクン！　と少し大きめに跳ねるアリシアの身体。言葉で言われるのが効くらしい。

「アリシア様。俺の事も名前で呼んでくれますか？」

「っ……！　そ、それは……」

俺は、スカートをめくりあげる。両足を大胆に開いて彼女の下着が露わになった。

「あっ……やっ」

「アリシア」

内ももに手を置き、ゆっくりと指を這わせて中心部へと近付けていく。

「くっ……！　んっ、あ……」

アリシアのゾクゾクが強まってきた。やっぱり感じている。

きっと媚香の影響もあるのだろう。これが演技ではない事だけが分かった。

「アリシア。好きですよ。アリシア」

「くぅ……！」

彼女の耳元で愛を囁きながら、胸を隠していた下着を取り払い、晒す。

「あっ、ん、あん、あっ、やっ、あん……」

アリシアの大きな胸を生で揉みしだきつつ、指の腹で先端の乳首を弄り始めた。

「アリシア王女。アリシア様。アリシア。好き、好き、好き」

「んんっ、やっ、あん、やん……だめっ、それ、凄く……あっ」

どうやら耳元で愛を囁かれつつ、愛撫されるのが堪らないらしい。

可愛いところがあるよな。アリシア王女は。

よく考えたら、ユーリやメイリアに比べればアリシアなんて、元から可愛いし、むしろ真面目な方では？　ユーリを受け入れてアリシアを受け入れないのは道理に合わない。

「気持ちいいですか？　アリシア」

「あっ、ん……は、はい……とても、気持ちいい、ですわ……」

「素直ですね。とても可愛らしいですよ、アリシア」

「あっ……んんっ！」

俺の指はとうとうショーツ越しに彼女の秘部へ触れる。そうしても、彼女からの抵抗はない。内心がどうであれ、今のアリシアは、この行為を心待ちにしているのだろう。

もしも、彼女がこんな風に俺に心を開いたら。……そう考える。

アリシア王女は、とても可愛い。俺が会った中での一番の美少女だった。

さすがは異世界人というか、さすがは王女と言うべきか。

もちろん、ユーリやメイリアも容姿はとても良い。けど、なんて言うかな。

特別、というか。初対面のインパクトが強過ぎたのかもしれない。

「あんっ、あっ、あんっ、やぁ……！　気持ちいい、すごく、いい……！」

アリシアの身体が俺の腕の中で跳ねる。可愛い。その身体を好きに出来ている。

……仮に、俺が魔王を倒さず、日本に逃げ帰る時。その時は、つまりスキルに掛けられた封印(ロック)が解けた時だ。それは【王女の心の鍵】が外れた時を意味する。

その状態のアリシアは、心から俺の事を好きで、愛している状態となっているだろう。

この、アリシアが。アリシア王女が。アリシア＝フェルト＝クスラが。

身も心も、俺の女になっている時。そうして初めて俺は日本へ帰れるんだ。

「……はは！」

「あぅ、ん、はぁ……はぁ、勇者、様？」

それって、すごく。そう、すごく。もったいないんじゃあないか？

「アリシア」

「あっ、ん……ちゅ……ん」

彼女の唇を強引に奪う。気持ちいい。最高の気分だ。

なんて事はない。俺の動機は、正義なんかじゃあなかった。

幼い、不幸な子供は、そりゃあ可哀想だ。でも自分の命には代えられない。

初めて抱いた女であるユーリにだって、情は湧いている。

でも、それだけじゃ俺には足りない。魔王を討伐する、それに命を懸けなくちゃいけないって言うんなら、一番欲しいモノが欲しい。でなければ割に合わない。

「アリシア。俺の名前を呼んで？」

「ふぅ、んっ、……やっ……何を、おっしゃって、ますの？　勇者様」

これだよ。隠れてオナニーする時は、俺の名前を呼んだくせに。

それでスキルまで解放してしまったくせに。俺が目の前に居れば意地を張る、彼女。

「はは。アリシアは可愛いですね、本当。……激しくしますよ？」

「えっ、あっ……！　やっ、だめっ、あっ、今でも、気持ちいい、のに……！」

俺は、彼女の下着の中に指を入れる。そして直接、愛撫し始めた。

「ひっ、んっ、やっ！　あっ、あっ、あっ……！」

俺の指の動きに合わせるように喘ぎ声をあげるアリシア。今、彼女の身体だけは、すべて俺が支配している。だけど、その心はまだ堕ちていない。だから、いいんだ。

「アリシア。好きですよ。貴方のことが」

「あっ、やっ……！　今、それ、だめっ、あっ、あっ、あっ……！」

ゾクゾクと彼女の身体が震える。……俺は、彼女の心が欲しい。

とても原始的な欲求だった。惚れた女の心が欲しいんだ、俺は。

もしも、アリシアの心が手に入るのなら。

……その時、それを手放して逃げるなんて出来るものか。

なら、俺が勇者として戦う理由は、それだ。アリシアの身も心も手に入れ、そして、その先も一緒に過ごす。正義でもなければ、善性の発露でもない、ただの欲望。

「あんっ、あっ、だめ、だめっ、もう、来ますの、やっ、勇者様、あっ、すごいのっ」

「イっていいですよ。アリシア。俺の指で果てて下さい」

「くっ……！　んっ、あっ、だめ、だめっ、こんな、のぉ……！」

アリシアの身体が、最後の瞬間を迎えようと強張った。そして。

「やっ、あんっ、あっ、イく、イく、イくっ……イくぅん！」

ビクン！　と大きく身体をのけ反らせるアリシア。喉を晒し、俺の腕の中で暴れるように身体をよじる。腰は前方に突き出されてしまい、無意識に前後に振られた。

「あっ……、あ……、ん……はぁ、……あ、はぁ……ん」

ひとしきり身体を硬直させた後は、脱力し、俺に身を委ねるアリシア。

「はぁ……はぁ……気持ちいい、……はぁ、ん」

ピクピクと足を小刻みに震わせて、絶頂の余韻に浸って見せる。すごくエロい。

「アリシア」

「はぁ、はぁ……あっ、ん、ちゅ……」

絶頂の余韻が冷めない内に、彼女にキスをして、舌を絡ませた。

最高の気分。でも、アリシアは、まだまだ堕ちていないし、処女のままだ。

……もしもアリシアから、行為を求めてくるようになったら？　自らねだり、その一番奥に俺を受け入れてくれるようになったら？　想像するだけで最高の気分だ。

「アリシア。好きですよ」

「はぁ……。はぁ……。え、ええ。ワタクシも、そうですわ。勇者様」

あはは。最高。この女は最高だ。

「俺、決めましたよ。アリシア王女」

「はぁ……。えっと。何を、ですの？」

「魔王を倒す事を、です」

ルーシィちゃんを助けてあげる為にも、ね？　建前って大事。

「……勇者様は、元からそうする予定ですわ。ワタクシと共に魔王を討つんですのよ」

「ええ。もちろん。ですので改めて決意したのです。そして、その為に必要なことを」

「必要なこと？」

「はい。アリシア。俺は、メイリアを三人目の妻にします」

設定上、俺の母国は一夫三妻制なんでー。もちろんのこと嘘だけど。

「……何を、おっしゃっていますの？」

エッチしたばかりで。

「メイリアとの交渉、難しいんでしょう？　彼女の父親が許さないから」

「それは……」

「俺が、その問題を解決しましょう。彼女を堕とします。魔王を倒すには、ぜひ最強の女魔術師、メイリア＝ユーミシリアが必要だ」

一緒に行くならば、その魔眼もどうにかしなくてはならない。

ならアリシアより先に、彼女を堕として心から味方に付ければいい。

アリシアと違い、強引な手を使ったっていい。何をしたって良いぐらいの悪行持ちだしな、彼女は。俺は舌なめずりをした。

「はぁ……。やっぱり、ケダモノ……」

おいこら。距離考えろ。聞こえてるだろ、どう考えても。

腕に抱かれながら言うな。

「え。なんでしょうか。アリシア様」

「いいえ？　なんでもありませんわ、勇者様」

あはは。うふふ。と、いつもの俺達。

あらゆる問題を解決する為にメイリアを堕とす。あの女を俺のモノにする。

悪い事ばかりじゃないさ。

女のついでに、小さな子供を救って、そして世界も救ってしまえばいい。

それが俺、篠原シンタという勇者なのだから。

11話　勇者シンタ　VS　女魔術師メイリア！

「メイリア先生。昨日の話の続きなのですが」

　翌日。俺は二度目の【魔法修得】の儀式を受ける為、魔法陣の描かれた部屋に居た。

「はい。何でしょうか。シンタさん」

　前日は、ルーシィちゃんから意識を逸らす為に適当に話をしていたが、その話の流れを利用するとしよう。儀式中、メイリア、ユーリと話す時間は、たっぷりあるからな。

　今、この場には、俺、メイリア、ユーリの三人しか居ない。時間が掛かるし、する事もないのでアリシアは侍女達に接待されているようだ。さすが王女。

「実は、アリシア様を不安にさせない為に、隠している事があって。俺の三つ目のスキル【召喚者の加護】なんですが、これ、ウソなんです」

「……嘘？」

「はい。実は、ユーリの【黒の拘束衣】を出したり、第5スキル【鏡魔法（かがみまほう）】を覚えた時に仕様が変化していたんですよ」

　当然ながら、それも嘘だけど。

「……へぇ。具体的には、どのように？」

「スキル対象がアリシア様限定じゃなくなりました。メイリア先生にも使えます」

「私にも？　えっと、加護を与えるスキル。いえ、装備品を与えるスキルでしたか」

「はい。そうです」

それもメイリアの目から見れば瘴気たっぷりの呪いのアイテムをね！

「ユーリと違って害のない品を出せると思いますが……試しにやってみますか？」

「……ええ！　良いですね。やってみてください。ふふ」

さすがマッドサイエンティスト。好奇心が優先だ。じゃあ、さっそく、と。

装備指定。そして、第3スキル【異世界転送術】、発動！


【淫欲管理の指輪】
1、性的な興奮を覚えると勇者・篠原シンタを想起する指輪。
2、絶頂に至る行為中、篠原シンタに自身が抱かれる事ばかりを思い浮かべる効果。
3、これらの効果は、すべてメイリアにしか作用しない。
4、ランクA
【ダミーリング】
1、メイリアの注意を【淫欲管理の指輪】から逸らし、惹き付ける指輪。

2、メイリア好みのデザイン、装飾で、宝石が付いている。
3、ランクB

魔法陣が輝き、メイリアを光が包む。日本へ転送され、そして戻ってくる彼女。

その過程は一瞬だ。それでも優秀なメイリアならば気付けるかもしれないが。

「……これは、指輪ですか？」

だが、メイリアの興味は、スキル行使の過程よりもアイテムに向けられた。

「ええ。それがスキルで出した物です」

「これは凄まじい瘴気、ですね」

やはりメイリアの魔眼は、俺がスキルで出したアイテムを認識できる。

魔王退治をするならば、彼女は戦力として必須の魔術師だ。一緒に旅に出る事になるだろう。であれば完全に俺の味方になって貰わなければアリシア攻略もままならない。

——スキルを使って、腹黒なアリシア王女の心と身体を掌握する。

それが俺の勇者スタイルだからね！　スキル解放の為にもマストだ。うん、合理的。

趣味だけじゃありませんよ？　それも大いにあるけどね！

「瘴気以外に目立った特徴はありませんね」

「そうですか？　一応、その効果の指定も出来るようなんですけど」

「効果？」

「はい。その二つの指輪。常に身に着けていれば、素直な気持ちになる効果にしました」

まぁ、もちろんのこと嘘ですが。

「素直な気持ちになる、ですか？」

「はい。害のない効果を、と思いましてね。良ければ、しばらく着けていてくれませんか」

「……うーん。そうですね。良いですよ。自分で体験してみる、いい機会ですから」

よし！　興味本位で人を獣化させるヤツは何でも試すよな、ホント。

「シンタさん」

「はい。メイリア先生」

「……貴方の身に着けている物。それにも効果が付いていますよね？」

うぐっ。これだよ。この女は、これが怖いんだ。

「いやぁ……はは」

「という事は、少なくとも昨日、新しいスキルが解放された時に変化した、というのは……嘘、になりますね？」

さて、どう答えるかね。最終的には彼女には、すべてを打ち明ける。

その上で俺の味方に付けるんだ。ルーシィちゃんの救出、魔王の討伐、王女の篭絡。

これらの俺の目的達成には、そうするのが最適なのだから。ならば。

「はい。その通りです。本当は、この装備についても先生に相談したくて」

「あら。話して頂けるんですか？」

「これからの旅に必要な事ですから。その、出来ればなんですが、アリシア王女には秘密にしていただけませんか？」

「アリシア様に？　どういう事でしょう」

「……彼女をがっかりさせたくないんです。恋人として。俺、勇者って言っても、まだまだ強くなくて。メイリア先生の方がずっと強いですから」

「まぁ。ふふふ。そうですね」

いや、否定しろよ。……ホントに強いんだけどね！　謙遜って知ってます？

「おっしゃる通り、実はユーリに装備を出した時にはスキルは変化してました」

「この指輪のようにですか？」

「はい。今、言ったように効果を指定できるんですよ。この剣や、衣服も。このスキルがあれば、アリシア王女に良い所を見せられると思ってて。内緒にしていてくれますか」

「場合によりますけれど。そういう事なら良いですよ。私には話してくださいますね？」

「はい。それはもう」

俺は、転送の要素を省き、あくまでアイテム生成のスキルとして説明をする。

「この力をもっと活用するには、どうすれば良いですかね？」

「……そうですね」

実際、このスキル、どこまでやれるか分からないからな。意見は聞いておきたい。

「勇者に与えられるスキルは最大で十。その事を不思議に思いませんでしたか？」

「え？　どういうことですか」

「だって、そうでしょう？　魔王を倒す為にあるスキル。数なんて限る必要ないじゃないですか」

「それは……、たしかに？」

言われてみればそうだな。なんで十個ぽっちのスキルで魔王と戦うんだよ。

「勇者に与えられるスキルには限界があるんです。数の限界ではありません。能力の限界、に近いかと思います」

「能力の限界」

「はい。夢物語にあるような強力なスキル。それこそ【魔王を殺すスキル】などを与えればいいのに、与えられない。それが【勇者召喚】の儀式です」

「……なるほど」

それが出来るならやっている筈だろう、って話だよな。だが出来ない、と。

あえて『しない』のではなく、『できない』が真実。

「伝わるかは分かりませんが、それは言わば『コスト』の問題です」

「コストですか？」

「例えばですね。【聖なる一撃】というスキルを修得するにはコストが九、必要です」

「はい」

「使えるコストは全部で十。残りは一しかありません。そして一のスキルは、とても弱いスキルです」

　かなりゲーム的な話だな。

「コストが高いスキルを与えると、勇者はスキルを一つか、二つしか使えなくなります。それが果たして強い勇者か否か、ですね。【最強の勇者】を作るのは難しい」

　スキル一つは流石に弱そうに感じるな。モノによるかもだけど。応用力に欠けそうだ。

「十のスキル、すべてが最強のスキルの勇者。というのは不可能という事です」

　無敵バリア、貫通必殺シュート、なんていうラインナップはダメか。

「その為、それぞれのスキルをシナジーさせる事で弱いスキルを強め合っている、と考えられます。シンタさんには心当たりがあるでしょう？」

「……ありますね」

　第6スキル【因果応報の呪い】は第2スキル【完全カウンター】を強化していた。

　新しく手に入れた【鏡魔法（第5スキル）】もだ。そういう事だったのか。

「人には限界があるという事ですね。そして、それはこのアイテムにも言える事」

「アイテムに限界?」

「与えられる効果に限界がある、という事です。では、どうすれば力を強められるか」

うんうん。ワクワク。なんか楽しい話だ。

「それは、意図的に弱点をつくれば良いのです」

「弱点ですか?」

「はい。見ていて下さいね。――土塊よ、立て。ゴーレム」

おい! 室内でゴーレム出すな! しかし出てきたゴーレムはミニサイズだった。

大きさ固定じゃないんですね、それ。

「この子の頭には『EMETH』という文字があります。これは過去に召喚された勇者が伝えた記録を元にした文字列なのですが……」

あ、それ、普通に異世界知識なんですね。異世界というか地球というか。

「この文字の頭文字である『E』を削りますと、残った文字が死を意味する文字になるそうです。つまり、こうすると」

メイリアが指をピンと弾くと、ゴーレムの額の文字が削れた。

そうすると粉々に崩れて消えてしまうゴーレム。

「こうなります。私は、あえてこの弱点をゴーレムに与えました」

「……なぜ？」

「余分なリソースが割かれなくなり、その分、ゴーレムが強くなります。『どの面においても万能で、頑丈』という設定で組み上げると、無理が生じますし、安定しません。不要な部分に魔力が流れてしまい、結果として求める機能が弱くなります。……弱点と言うと分かりにくいですね。『ここには力を入れない』指定だと思って下さい」

力を入れない、ね。ふむ？

「完璧は無理。万能を求めると負荷が伴う。だから穴を、あえて作ります」

あちらを立てれば、こちらが立たず。だから、あえて片方に寄せる。みたいな。

「強力な力をポンと与える時には、どこかに皺寄せがいきます。それをコントロールする技術、という事ですね。腕を失えば強力な魔法が使える、という具合にも出来ますよ」

うわ。それはちょっと。うーん。切り札的な？

「鍛え上げる事によって強い力を手に入れる場合はこの負担がなくなります。シンタさんのスキル【レベリング】は、これに該当するものですね。これなら代償は要りません」

「おお……」

一番地味なスキルだが、それによって得られる恩恵は大きい。更に負担も少ないのか。

「万能を目指せば、どこかに歪みが生じ、穴が生まれる。これは覆せない大前提です」

だから自分から、あえて弱点を作る。その分、他にリソースが行き渡るように。

装備品の強化に、メイリアへの干渉。こんな風に準備を整えつつ、機会を待った。

「第5スキル【鏡魔法】、――『鏡の盾』」

キィィ、という音と光、そしてすぐに出現する盾の生成。修得儀式が進む度に俺が使える盾にバリエーションが増えてきた。

手に持つ盾。空中に浮遊する盾。そして地面から迫り出して生える『壁』だ。

三つ目は盾でなく壁だと思う。地面に固定された防壁を出す魔法、って事だな。

これと似たような事は土魔法などで出来るという。土壁（ストーン・ウォール）、ってヤツだ。

俺の場合、その壁に魔法を反射する鏡、という属性が付く。

ここだけ見るなら上位互換だな。あとは数や強度などの出力が増えていく感じか。

望んでいた属性魔法ではなかったが……、しかし魔法を使えるようにはなった。

「……これだけ手札が増えれば、やりようはあるな」

ガードとカウンターが主体（メイン）のスタイルなのは変わらないタンク役だが、パーティー内における役割（ロール）は決まって来た。あと欲しい機能と言えば。

「挑発スキル、かな？」

敵の攻撃を俺だけに集中するヘイトコントロール・スキル。

いや、スキルである必要はない。既にこの世界には【魔物寄せ】が存在するのだ。

【挑発の腕輪】
1、勇者パーティーに敵意を持つ魔物の意識を任意で勇者に集中させる効果の腕輪。
2、ただし、発動から効果が持続する時間は短い。
3、ランクB

「こんなところか。弱点と利点が表裏一体だけど。永続効果よりも安定するよな」

自己回復も出来るのだから、けっこう理想的なタンク職になってきたんじゃないか？

これで今の装備は、右手が【反撃の剣】。左手が【挑発の腕輪】。胴体が【勇者の服】。

「うんうん」

あとは、オマケアイテムとして【透明ローブ】もある。

戦闘時には多様な『鏡の盾』とカウンターのオーラを駆使していくスタイル。

「これで切り札も用意しておいて、と」

「シノ。もういいの？」

とユーリが言ってくる。うん。スキルを使うのに彼女を利用しまくっているな。

「ああ。『鏡の盾』のすべての修得が完了したら、動くよ」

「ふふ。いよいよじゃない？　あの青髪女の泣きっ面、見せてよね」

いや、別にユーリの為に戦うんじゃないのだが。……まぁ、いいか。

「はい。これで六属性の魔法、すべての儀式が完了です。お疲れ様でした、シンタさん」

「ありがとうございます。メイリア先生」

この儀式によって、『鏡の盾』はフル解放された。じゃあ、次の手と行こう。

「やりましたわね。勇者様。ワタクシは信じていましたわよ」

「ありがとうございます。アリシア王女」

いや、受け身で儀式を受けただけに信じるもへったくれもないが。調子いいな。

「では、丁度いいので。メイリア先生？」

「はい。なんでしょうか。シンタさん」

「俺と……決闘してくれませんか？」

と。俺は騎士団長さえ倒して見せた、王国最強の女魔術師に告げた。

「……はい？　決闘ですか？」

「勇者様？」

「俺が決闘に勝ったら、貴方の父親が何と言おうが俺達と一緒に来て下さい」

「……そんな事を」

「アリシア王女。許可して下さいますよね？　俺達の戦いを」

「ワタクシは……、メイリア様には来て欲しいですけれど」

当然、王女の立場はそうだよな。

「……私が勝ったら、どうなさるのです？　私だけが負け分を払う気はありませんよ」

「それはですね」

俺はメイリアに近付き、彼女に耳打ちする。

「ルーシィちゃんの事を黙っておいてやる」

と。ピクリ、と彼女が反応する。空気がピリつき始めた。

「……まぁ。どこでそれを？」

「スキル。最初から知ってた。あんたが悪女だと」

「それは、まぁ。ふふ。ふふふ」

余裕の笑みだな。どうにでも出来る、って言いたいんだろ？　自信あるもんな。

「俺が負けたら……あんたの実験台になってやる、ってのはどうだ？　勇者の俺がだ」

「……それは。ふふ。そんな事を言っていいのですか？　シンタさん」

「あんたに勝てる算段がある、って答えたらどうする？」

「私にですか？　私、とても強いんですよ」

「そうだな。ただ、俺を実験台にする条件まで付けるなら。あんたにも、もっと自分の事を懸けて貰わないといけない」

「私を？」

「そうだ。俺が勝ったら。メイリアは俺の女になる。ベッドで滅茶苦茶にしてやるよ」

「――――」

……ちょっとキモいかな。でも、そのぐらいは俺の味方になって欲しいからなぁ。

指輪で仕込んだ俺への好意で、寛容なノリになっていてくれると嬉しいんだが。

「ふ、ふふ！　ふふふ！　それは……！　良いですね？　シンタさん。ふふ」

え、なに。なんか小刻みに震えてるんだけど。ゾクゾクしてる、って感じ。怖っ。

「その条件で受けましょう。勝っても負けても。その通りに」

よし！　何がキッカケになったか知らないが、メイリアは快く決闘を受け入れた。

こうして、俺とメイリアの戦いが始まった！


「それでは、お二人とも。準備は良いですわね？」

アリシア王女が審判というか、開始の合図を行う。勇者と最強魔術師の決闘。

「――始め！」

よし！　まずは、バカ正直に正面からダッシュ！　鏡の盾を構えた状態でだ。

「ふふ。その盾にそんなに自信を持っているんですか？　簡単に負けては嫌ですよ？」

「さてな！」

ないよりマシなのは確実だがな！

「――炎の矢（ファイヤ・アロー）」

メイリアの手から炎の矢が生まれる。そして。

キュドッ！

「っとぉ！」

俺は、その矢を盾でいなした。割と反射神経が上がってるな！

「――土塊よ、立て。ゴーレム」

さらに騎士団長の時と同じく三体のゴーレムがメイリアの前衛に発生する。

「――【鏡魔法】／鏡壁（ミラー・ウォール）！」

俺とメイリアの間にある地面から鏡で出来た銀色の壁が迫り上がる！　そして！

「【透明ローブ】／透明化（とうめいか）」

「……!?」

アリシア王女の前では見せたくなかったアイテム効果だが、仕方ない。

壁を作った上で姿を隠し、ゴーレムを避けてメイリアに奇襲を仕掛ける俺。

「――聖壁（プロテクション）」

光の幕で作られた結界が展開される。剣を当てるもキィン！　と音を立てて弾かれた。

「くっ！」

通常攻撃で彼女の結界を破るパワーがないな、俺には！

「ふふ。――風の杭（ウィンド・パイル）」

「うおお！」

緑色の光で出来た風が俺を襲う！　そう。この世界では風魔法に色があるんだ。

魔法で吹っ飛ばされる俺。それでもめげずに愚直に突進を繰り返していく。

「それだけですか？　シンタさん」

やや単調な俺の行動に拍子抜けしたのだろう。しかし、今の俺のレベルでは、やれる事なんて限られているからな。

「期待外れってんなら、とっとと俺を吹っ飛ばして見せろよ、自慢の魔法でな」

「まぁ！　ふふ。とても元気がいいですね」

勝敗を決めたいんなら、どの道、メイリアはデカいのを撃ってくるしかない。

チマチマした小ダメージなら俺は自己回復するからな。今は盾もあるし、服の耐久性も上がった。あとは根性でカバーってヤツだ。

「ふふ。それでは私には勝てませんよ？　いいんですか？」

「それはどうかな！」

鏡の盾で受け続けたダメージをオーラに変える。そのエネルギーを【反撃の剣（つるぎ）】に！

「――カウンター・スラッシュ！」

正面のゴーレムに叩き込んでやった！　正攻法で切り裂かれるゴーレム一体！

「まぁ！　ですが一体だけ倒しても」

「違うだろ？」

「えっ」

ゴーレムの弱点なんて、メイリア本人が説明していたじゃないか。なら。

「――鏡の浮遊盾（ふゆうたて）」

空中に浮かび、遠隔操作できる『鏡の盾』の生成。これを操ってゴーレムの弱点である『E（イー）』の文字を削る。それだけで……他二体も撃破だ。二体は崩れていく。

「あら」

「……この時点で、騎士団長より上等だな」

ガチでやったら、まだ勝てないだろう。だが、俺だけが使える手が増えた。

「メイリアのお陰で、まともに戦えるようになったよ」

まぁ、色々と後でアリシア王女に説明しなくちゃだけど！　その時にはメイリアという味方が俺に付いているって寸法だ！　誤魔化し切ってやるからな！

俺は左手の『鏡の盾』を正面に掲げる。

「メイリア。あとは、お前の魔法が、俺に押し勝てるかどうかだぞ？」

「……ふふ。ふふふ！　あはは！　そうですね。そのようです。シンタさん」

メイリア＝ユーミシリアは強い。王国最強なのは間違いないのだろう。

だが、彼女は魔術師だ。その攻撃手段は魔法に限られる。

そして俺は魔王の【即死魔法】さえも反射する、カウンターの勇者だ。

ならば相性の上で俺はメイリアに勝てなければならない。だって、そうだろう？

魔法に負けてしまうなら俺は勇者じゃないって事になる。それは話がおかしいだろ。

どんな魔法さえも反射させてしまえるからこそ、俺は勇者なんだ。

……懸念点はある。それはアリシアの【王女の心の鍵】によるスキル封印（ロック）だ。

未だ俺はフルスペックの勇者ではない。ならば魔法に負ける事もあるかもしれない。

「……では。耐えてみてくださいね？　シンタさん」

頭のいいメイリアなら理屈は分かっているだろう。だけど彼女は自信家なんだ。

そして研究者でもある。だから、試してみたくなる筈だ。俺の耐久性を。

「来いよ、メイリア。お前の魔法、すべて受け止めてやる」

そう挑発すると、彼女は本当に嬉しそうに笑った。

「――水の槍（アクア・スピア）」

水魔法。

「――岩石の棘（ストーン・ニードル）」

土魔法。

「――聖なる光（ホーリー・レイ）。炎の矢（ファイヤ・アロー）。風の杭（ウィンド・パイル）」

　聖魔法、火魔法、風魔法。

「――五天槍（ごてんそう）」

　攻撃できる五属性の魔法すべてが同時に襲い掛かってくる！

「鏡壁（ミラー・ウォール）！　鏡の浮遊盾！」

　角度の違う魔法にも対応する俺の【鏡魔法】。だが手数はメイリアの方が圧倒的だ。

「おおおおお……！」

「ふふふ！」

　いくつかの魔法が、周りに展開された盾を抜け、俺に到達する。

「ぐっ……！」

　痛ぇ！　熱い！　もう、ここは我慢するしかない！

「撃てば撃つ程……！　俺の力が溜まっていくんだよ！」

　蓄積していくダメージは、すべて俺の攻撃リソースに変換される。

「……これだけのエネルギー！　叩き込めれば、俺の勝ちだ！」

「ふふふ」

　しかし、尚もメイリアは笑う。ああ、そうだろうさ。既に見たからな。

　騎士団長を倒した最後の魔法。アレも使ってみたいんだろう？

でなきゃお前は終われない。そして俺は別の装備も準備している。

【勇者のブーツ】
1、勇者・篠原シンタの任意で一時的に瞬発力を引き上げるブーツ。
2、消費するリソースは勇者のSP(エスピー)。または受けたダメージ分、発生するオーラ。
3、ランクB

……これが俺の切り札！　スーパーダッシュ用、足装備！

「加速！」

「まぁ！」

さすがのメイリアも驚いた顔をする。一瞬だけ、この世界の人間のように超速の突進をして見せる俺。ダッシュからの、突進技！

「——カウンター・ストライク！」

斬る剣技ではなく、突く剣技！　一点集中の攻撃だ！

キィイイイイ……バキン！

「割れた！」

メイリアの光の結界を突破した！　これで！

「お見事。ですが」

メイリアは不敵な笑みを俺に向け、目が合った。

「――無の圧縮（ゼロ・レイズ）」

それは騎士団長を圧倒した不可視の魔法。だが、見えないその魔法の正体は。

「私の勝ちですね、シンタさん」

勝ち誇るメイリア。よっぽど自信がある魔法なんだろうな。だが。

「無属性魔法、だろ？」

「えっ」

無属性。風魔法に色が付いている以上、透明な魔法の正体はお察しだ。

現代日本のファンタジーに対する想像力を舐めるなよ。

そして、こういうのも、漫画やアニメの知識からさ。俺は無属性魔法を胸で受けた。

正確には服の中にセットしておいた『鏡の盾』で！　透明効果のある布で隠したな！

勇者の物語と言えば、これ！

『胸に隠しておいた鏡の盾』で魔王の魔法を反射！　だ！　大魔導士（だいまどうし）と呼んでくれ！

「なっ……！」

「無属性魔法の……反射！」

キュァアアア……ドンッ！

「なっ、……きゃあああ！」

そして、吹っ飛んだのは……俺ではなく、女魔術師メイリアだった。

「め、メイリアお嬢様ぁ！」

決闘の場に控えていたメイド達が、慌ててメイリアの介抱に向かう。

王国最強の女魔術師メイリア＝ユーミシリア。

対するは、魔法反射のカウンターの勇者、篠原シンタ。

その決闘の結末は、勇者の……勝利だ！

12話　ユーリの暗躍

「やるじゃないの、シノ」

ユーリが真っ先に俺に近寄り、労いの言葉を掛けてきた。

「初めて覚えた魔法で、よくあそこまでやれるわね。ゴーレムを倒したり」

「ああ、まぁ、アレはね」

ゴーレムの弱点が分かり易かったし。それに浮遊する盾の操作は、アニメ知識とかね。

メイリアの介抱に向かったメイド達は、治療魔法らしきものを使っていた。

決闘中はアリシアを守る結界を張ったりもしている。魔法が使えるメイドさん達だ。

「……邪魔だな。連中」

俺の目当ては、最強の女魔術師メイリアだけだ。彼女を慕っているだろうメイド達は、プランの障害となるだろう。メイリア攻略の為の仕込みはしてきたんだ。成功させたい。

「ユーリ。手筈通りに」

「はいはい。ふふ。悪巧みは好きよ、シノ。あんたもこっち側よねぇ」

誰がそっち側か。いや、そうかもしれないけどさ。

「行った行った」

俺は手振りでユーリを促し、行動させる事にした。さて。俺の方は、と。

「勇者様。ワタクシに説明して頂けますの？　そちらの装備は何なのか」

はいキタ。アリシアが俺を詰めてくる。警戒している様子だ。

「第3スキル【召喚者の加護】によって作成した装備品です」

一部分だけ嘘だけど。正しいスキル名は【異世界転送術】だ。

「……そのスキルの使い方は」

「【魔法修得】の儀式を終えた事で、【鏡魔法】が完全に解放され、第3スキルにも変化が起きたんです。それによってスキル対象は勇者パーティーである三人になりました」

アリシア、ユーリ、メイリアにのみ使える設定ね。嘘吐き過ぎて設定忘れそう。

「……本当ですの？」

「もちろん。メイリア先生が目を覚ましたら聞いて下さい。今回はアリシア様を驚かせようと思いまして。ですが、これで勇者としての力は格段に上がったかと」

なにせ相性問題とはいえ、王国最強の魔術師を倒したからな。流石に満足するだろ。

「……今後は、そのような事があれば、ワタクシにまず報告するようお願いしますわ」

「分かりました。そのように致しましょう！」

その報告が真実かどうかは知らないけどな！　けけけ。

「それはそうとアリシア様。メイリア先生の……篭絡は、俺に任せていただいても？」

「……ええ。分かっていますわ。……ケダモノ」

聞こえてんぞ、オイ。ボソッと言って誤魔化そうとすんな、コラ。

「え？　何でしょうか？　最後に何か、おっしゃいましたか？」

「いいえ？　何も言っておりませんわ。おかしな勇者様。ふふふ」

「そうですか？　あははは」

これが腹黒王女と勇者のイチャつき方である。


メイリアは、メイド達に連れられてベッドに運ばれた。ユーリは、しれっとその部屋に付いて行っている。やや遅れて俺とアリシアも同行。どうやら軽い脳震盪らしい。

まぁ、吹っ飛んだしな。ちなみにメイド達は敵意を持って俺を睨んでくる。怖い。

「……あー。俺は、席を外してよろしいですか？」

「メイリア様が目を覚ますのを待ちませんの」

「彼女の気持ちの整理が付いてから会うのが良いかと。自信があった様子でしたし」

アリシアに了解を得てから移動。俺はルーシィちゃんの元へ向かった。

特に警戒された様子もなく、また見張りも居ないらしい。別にこの子そのものに重要性はないからか。犯罪の証拠であっても証言する能力がないしな。

「ルーシィちゃん」

「キュー！」

檻籠の中で元気にフェレットが鳴き声を上げる。……この子が人間なんてな。

そりゃあ、ここは異世界だ。獣人さん達には変身能力ぐらいあっても、とは思う。

でも、この世界にそういう文化はないらしい。ルーシィちゃんが第一人者になるか。

「ルーシィちゃん。これ、着けてみて」

「キュー？」

俺は、事前に準備しておいた、ある物を取り出した。


【ルーシィの魔法のツメ】
1、空中に魔法の文字を書いて反転させたり、消したりが出来るツメ装備。
2、ルーシィ自身や味方と認識する者を傷つける事は出来ない。
3、効果を使う際に消費するのはルーシィの魔力、または闘気。
4、ランクC

「キュー？」

「これをね。こうして、っと」

俺は、同じ効果タイプの指輪を自分の指に嵌めて使い方を教える。

『こんにちは』

と。空中に文字を書いてみせた。そして、ひっくり返す。

「キュー！」

これで文字によるコミュニケーションが出来る。今、言葉が分からないからな。

「キュッ、キュ」

フェレット姿のルーシィちゃんがツメを装備。可愛い。そして空中に文字を書く。

『こんにちは。勇者さん』

「キュー！」

よし！　識字能力があるし、文字を書ける子だった。親が教えたのかな？

「うん。これで、ひとまず話が出来るね」

さて、ここからが問題である。まずは彼女を閉じ込めている檻籠なんだが。

「キュー！」

尻尾をパタパタさせるルーシィちゃん。いや、可愛いな。飼いたい。ダメダメ。

「……流石に今、開けちゃマズいか」

メイリア本人は決闘で倒した。だが、彼女が約束通りにしてくれるかは未知数だ。

仕込みはしている。メイリアは、ここ数日のところ、毎日のように俺を想って……。

「どこまで精神に影響するかだな」

完全な洗脳は出来ない。【因果応報の呪い】によって俺にもリスクがあるからだ。

でも思考の誘導ぐらいなら出来る。この微妙な、チートになり切れないスキルめ。

「決闘に勝ったからって惚れてくれる女なんて居ないだろうし」

「キュー？」

うーん。可愛いなぁ、フェレット。とりあえずは、だ。

この屋敷からメイリア以外の人を追い出す。そして俺はメイリアを。ぐへへ。

俺はスキルの監視窓を開き、三人悪女それぞれの様子を確認した。


「め、メイリアお嬢様？　お身体は……！」

「ええ。もう大丈夫よ。サリー」

メイリアの姿をした女がメイド服の女に話し掛けている。場所はメイリアが寝ている部屋の、扉の外だ。そこで彼女はメイド達に感謝しつつも追い払うようにしている。

「メイリア様。お目覚めになられましたの」

「ええ。アリシア様。ご心配をお掛けしました」

「いいえ。メイリア様がご無事なら、それが何よりですわ」

そんなやりとりをする二人だが。部屋の中には……まだメイリアが寝ていた。

【ユーリの変身チョーカー】
1、他人の姿に擬態する効果を持つチョーカー。
2、半日以上、観察した対象の姿と声をコピーし、記録する効果。
3、水魔法で作った薄い膜で全身を覆い、コピーした人物に変身する。
4、また【黒の拘束衣】は、コピー対象の着ていた衣服に変化する。
5、変身時間は、観察した時間と同じだけ。超過すると変身は解ける。
6、ランクA

……つまり今、アリシアと話しているのはユーリだ。

加えて、メイリアには『人避け』『睡眠誘導』『代わりに体調回復』という効果の付いたアイテムを仕込ませた。だから部屋の中には眠り姫になったメイリアだけ。

「あの。アリシア様。……お願いがあるのですが」

「お願い？　なんでしょう。メイリア様」

「じ、実は。シノ……シンタ様と二人きりになりたい、のです。お許し頂けるなら」

メイリアの真似が上手いな、ユーリの奴。女優に向いてそうだ。

「それは、つまり」

「あの！　もちろん、アリシア様とシ……ンタさんが恋仲であるとは分かっています」

「……ええ、まぁ」

恋人なのは嘘だけど。いや嘘ではないか？　内心が嘘である。

「ですが。シ……ンタさんの世界では、三人、妻が持てるのだとか」

ちなみに、この設定をユーリに教えたら『シノも地獄に墜ちるわね』と言われました。

「……メイリア様が、その三人目になりたいと？」

「はい。お許し頂けるならば」

改めて言うが、中身はユーリだ。勝手にメイリアの気持ちを捏造していくスタイル。

「……それは、ワタクシ達の、魔王討伐の旅に同行いただけるという事ですの？」

「それは、その。シ……ンタさんとの関係によっては、です」

「侯爵令嬢がそのような……いえ。今は良いですわ。メイリア様がおっしゃるなら」

「では！　二人きりにしていただいても？」

「……ええ。ワタクシの勇者様をお貸ししますわ」

おっと。微妙にマウント取ってきたぞ、王女様。さすが正妻である。

「ありがとうございます！　アリシア様！　では、その。お手数ですが……」

「ええ」

「屋敷に居る使用人すべてをアリシア様に同行させます。ですので、先に騎士団長と合流してください」

「……そこまでさせますの？　部屋に二人きりにするだけでは」

「ご安心ください。私の使用人達には魔法を使える者も多くいますので」

ちなみにこれは本当だ。メイリアの護衛も兼ねる使用人がチラホラ居た。

まぁ、メイリア本人が強いので要らない面はあるのだが。

「二人きりに、なりたいんです。シ……ンタさんと。アリシア様」

「……、……はぁ。まぁ、そうですわね。人払いは必要な事、分かりますわ」

おお！　通ったぞ！　中々に話が分かるじゃないか。

「では！　サリー！　サリー！」

よくも、あそこまでメイリアっぽく振る舞えるな、ユーリ。やらせてるのは俺だが。

「はい、メイリアお嬢様」

「今から屋敷の使用人、すべてアリシア様の護衛と世話に付きなさい」

「……は？」

「アリシア様に失礼のないように。私の家までお送りして、騎士団長様と合流していただくのよ。その後は向こうで待機しなさい。ああ、父には適当に誤魔化しておいて」

「え、それは、ですが。一体、どういう？」

「王女との内密の相談が通ったの。これは私の為だから指示に従って？」

「……、……はい。かしこまりました。お嬢様」

おお。いけた！　女好きで慕われてもいるメイリアに袖にされるメイドさん。ある意味で寝取り成立？　メイリアは俺が貰っておくぜ。ぐへへ。

それから有能なメイド達は手早く準備を整えていった。ユーリは部屋の前で見張り。メイリアが起きる前には、すべての準備が整いそうだ。

「ルーシィちゃん。もうすぐだよ」

「キュー？」

一応、メイド達が来て『ここを出る前にルーシィは処分していくわ！』……なんていう展開に備えて、俺はルーシィちゃんの傍に待機し、彼女を守る。

いや、ありそうだし。そういうマニュアル。証拠はすべて燃やしてしまえ、ってな。

……だが、その心配は杞憂だったようで屋敷のメイド達は軒並み、出て行く準備を済ませたようだ。そしてアリシアの元へ迎えに来る。

「よし。じゃあ、っと」

俺は、さらに準備していたアイテムを使う。


【メイリアの別荘のマスターキー】
1、メイリアの別荘にあるすべての鍵を開く魔法のマスターキー。

2、他の場所では使えない。
3、ランクB

「今、開けるよ。ルーシィちゃん」

「キュー」

ガチャリ、と。マスターキーを使って、ルーシィちゃんを閉じ込めていた檻を開く。

「キュー！」

「わっ、とと」

ルーシィちゃんは飛び出すように檻から出て、俺の身体を這い上った。

「キュー！」

俺の肩に乗り、尻尾をパタパタするルーシィちゃん。可愛い。そして。

『ありがとう。勇者さん』

と、魔法のツメによって空中に文字を書くルーシィちゃん。救出成功、だな。

「……メイリア様。それではワタクシは行きますが、勇者様には」

「はい。私から説明しておきます。その、ええと。アリシア様」

「なんですの？」

「期間なのですが、一週間ほど。シ……ンタさんと過ごしてもよろしいですか？」

「一週間？　……、はぁ。まぁ。よろしいですわ。それでメイリア様が来て下さるなら」

「ありがとうございます！　ああ、父への誤魔化しにも協力していただけたり、などは」

図々しいメイリアの姿（ニセモノ）である。ユーリもノリノリだな。

「はぁ、もう。分かりましたわ。そうしておきますわよ。ですが、ワタクシにそこまでさせるのであれば……考えて下さいましね？」

さしものアリシアもうんざりした様子だ。当人が知らぬまま借りが溜まっていく。

王族への借りを返さなくてはいけなくなるのはメイリアなのでユーリもニコニコだ。

「はい。それはもう。後で、なんなりと」

「……お忘れなきよう」

こうして。屋敷からはアリシアと、そしてメイド達が姿を消したのだった。

「さて。見回りチェックして、と」

残った人間が居ないかを確認すれば、あとは。

「キュー？」

「……地下は後回しだな」

この屋敷には地下がある。そして、そこには。だがメイリアの完全制圧が先だろう。

穏便にすべての問題を解決する為には手順を踏まないとな。

「ん……」

「目を覚ましたかな、メイリア先生」

「シンタ、さん？」

俺は寝ているメイリアの傍に居た。ユーリは屋敷の地下をチェック中。

……そこには、メイリアの悪行にあった『捕まえさせた亜人』が居たのだ。

だが、すぐに助け出すと彼らは暴れ出すかもしれない。それは本意じゃない。

なにせ俺の目的は、正義の執行ではなく、女魔術師メイリアの篭絡。

彼らにはメイリアへの恨みではなく、脱出・生還できる喜びに傾いて貰いたい。

どうするか？　それは俺が悪役を演じる事だ。メイリアよりも凶悪な存在になる。

要はチンピラに監禁された彼らを逃がすのは、より恐ろしいおじ様組織って構図だ。

正義の味方に助けられたら『メイリア、この野郎！』と恨みが募るが……。

より凶悪な存在に助けられたなら『おお、あんまり調子に乗るなよ？　生きていただけで満足せんかい、ワレぇ』となる。それで彼らを故郷の村へ送り届けてハッピーエンド。

誘拐された恨みに囚われず、これからは社会復帰を頑張るぞ、となるだろう。

……たぶんね？

彼らの目の前でメイリアだって報いを受けるだろう、と思わせればいい。

目の前で死なないような電気ショックで拷問とか？　鞭打ちとか。そんなのをする。

俺を怖い男だと思わせ、メイリアもこれから不幸になるだろうと思わせる。

そうすれば一応、彼らも納得してくれて、大人しくしてくれるだろう。

幸い、体調管理はされていたようだし、食事も与えられていた様子だった。

今すぐにヤバい亜人は居なそうだが、ユーリにはその点をチェックして貰っている。

「キュー！」

「……ルーシィ？　なぜ」

「俺が檻から出してあげたよ。このマスターキーでね」

「マスターキー？」

「スキルで作ったんだ。どこの鍵も開け放題。地下の檻の鍵もね」

「……そちらもバレていましたか」

「そういうこと。でも、アリシアは気付いてないからな」

「そうなんですか？」

「おう。どころか今、この屋敷にも居ないぞ。アリシアとここで働いていたメイド達も」

「サリー達まで？」

「うん。ユーリがメイリアのフリをして、アリシアの護衛と世話係になる指示を出して、侯爵家に帰って貰った。だから君には今、味方はいない。そして頼りの魔法は……」

「シンタさんには通用しない、ですか。ふふふ」

「そういう事だな。年貢の納め時、ってヤツ？」

知らないかな、この言葉は。

「私は、シンタさんの女になる、でしたか？」

「覚えていたか。そうだ。メイリア。君は決闘に負けたから、俺の女になる」

「……それで？　罪を償え、とおっしゃいますか」

「いいや？」

「えっ」

「俺は、正義の味方じゃないんでね。メイリアに望むのは……共犯者だ」

「共犯者、ですか？」

「キュー？」

「そ。ルーシィちゃんも聞いておくか？　あのアリシア王女の企みを」

「キュー……？」

フェレット姿のルーシィちゃんが首を傾げた。可愛い。

俺は、召喚されてからの事情を二人に話して聞かせた。

アリシアが魔王を倒した後に勇者の不幸計画を考えている事を。

そして俺とアリシアは、本心から恋人になっているワケではない事を。

さらには勇者のスキルに掛けられた封印と、判明しているその解き方を。

「俺は、アリシアの心を手に入れる。だがそれは、そういう計算や打算、事情があっての話で、純粋な愛からじゃない。だからこその共犯だ、メイリア」

「……はい？」

「メイリア。お前、アリシアにも興味、あるんだろ？」

「そ、それは……」

「俺のスキルには最初から、お前が『女好き』だって出ていた。亜人に関する悪行も知っているし。それに……俺のスキルは監視が出来る」

俺は【異世界転送術】についても打ち明ける。彼女には、このスキルの使い方についても今後、相談に乗って貰いたいからな。

特殊なアイテムを駆使しての戦闘は俺の基本戦闘スタイルとなるだろうから。

優秀なアドバイザーとしてもメイリアは必要だ。

「……そんな事が」

「キュ、キュー」

「引くなよ。ちなみにこのスキルの被害者は、概ねアリシア・ユーリ・メイリアだけだ。あとはティナちゃんやライラちゃんを救うのに役立ったんだぞ？」

「キュー！」

尻尾をパタパタするルーシィちゃん。可愛いなぁ、もう。

「それに、メイリア？」

「な、なんでしょう？」

「君が俺の女になれば。アリシアと一緒にベッドに上がれるよ」

「……！」

メイリア先生の崇高なご趣味は把握済みなのである。ぐへへ。

「それは、……ふふ。敵いませんね。そもそも決闘で、この私が負けた時点で。それだけで良かったんですけど。さらに得までするとなれば……ふふ。断れません」

おお？

「と、いうことは？」

「はい。私、メイリア＝ユーミシリア。喜んで、貴方の女になります。シンタさん」

お。おお……。おお？　通った。マジで？　リアリィ？

「じゃあ。これからメイリアは俺の共犯者で、俺の女、恋人だ。それでいいね？」

「はい。これからよろしくお願いしますね、シンタさん」

やべぇ。超絶美人で王国最強。青髪の女魔術師が真の仲間になった！

「じゃあ。今晩、さっそく。夜にでも？」

「……は、はい。お手柔らかにお願いします」

おや。強気なメイリア先生がどこへやら。この反応はもしかして、だが。

「こ、こう見えて侯爵令嬢ですからね？　その、婚約者も居た事がありませんので」

「……女性経験の方は豊富そうだけど？」

「女性の相手と、男性の相手は全く違うのでは」

それはたしかに。ふーん。メイリア先生、男は初めて、ですか。

これは、とっておきを用意しませんとねぇ。ぐへへ。責めるネタは用意してるからな。

そんな、やり取りをしていた時だった。


ドォオオオオオオオンッ!!


「キュ？」

屋敷を揺るがすような、大きく、そして不穏な音が鳴り響いたのだった。

13話　ボス戦　vs　魔眼のガーゴイル

「キュキュー！」

「なんだ、今の音は!?」

「……アレは、どうも屋敷の結界が、何者かに破られたようです」

「結界が!?」

ていうか結界とか張ってあったの！

「メイリアや、家の敵か？」

「そこまでは分かりませんね」

敵、多そうだしなぁ。メイリア。そもそも現時点で地下に捕まった亜人達が居る。彼等を取り戻しに誰かが襲ってきても何もおかしくない。

「キュー！」

『私を呼んでる』

「え？　ルーシィちゃん？」

私を呼んでる？　どういう事だ。

「ルーシィ？　その文字は。ああ、シンタさんの出した道具。ですが呼んでる？」

「キュー！」

『私を狙ってるみたい』

狙われてるの？　え、どゆこと。マジで。

「シンタさん。ルーシィから瘴気が立ち昇っています」

「はぁ？」

いや、だから、どういう状態だよ。

「キュキュー！」

『外、もうすぐ来る』

ルーシィちゃんは空中に文字を書く。何かがやって来るようだ。それを感じている。

「……メイリア。立てるか？　戦闘になるかも」

「はい。——治癒（ヒーリング）」

メイリアは自らの頭に治癒魔法を掛けた。便利だな。

「キュー！」

フェレット姿のルーシィちゃんに促され、俺とメイリアは屋敷の外へ向かう。

「屋敷のメイド達とアリシアは、とっくにここから出て行ってる。ユーリは地下だ」

「分かりました。では、対応できるのは私達しか居ませんね」

まったく不本意だけどね！　だが狙いがメイリアではなくルーシィちゃん、とは？

そして俺達三人は屋敷の外へ出た。結界が破壊されたらしいが、よく分からない。

「キュー！」

『あっち！』

ルーシィちゃんが俺の肩の上で空の一角を指差した。……何かが飛んでくる？

「空を飛ぶ魔物は厄介です。シンタさん、援護を」

「あ、ああ」

デカくない？　その影は、さらに大きくなっていき。そして俺達の前に飛来した。

『ギュ……ァアアアアアアアアアアアアアアッ!!!』

咆哮を上げるモンスター。その姿は、まさに。

「ガーゴイル!?」

蝙蝠の羽のような形をした大きな翼を背中に持ち、筋骨隆々の身体付きをしている。

肌は青黒く、顔は鬼のよう。頭に二本の角が生えており、長い舌と牙が口から見える。

……しかし、何より目を引いたのは胸部にある、大きな『眼』だろう。

その他の造形はまさにテンプレ通りのガーゴイルなのだが、そこだけが異質に感じた。

『ギュァアアアアアアアアア!!』

「怖っ！　本物ガーゴイル、怖っ！　リアルはダメなヤツ！」

オークも大概だったけどさぁ！　フィクションとリアルじゃ違いがあり過ぎる！

「キュー!!」

ガーゴイルが俺に目掛けて突進してきた！　いや、狙いは、まさかルーシィちゃん？

「くっ！　鏡の盾！」

『ギュァアアアァッ！』

ガギン！

「ぐわっ！」

「キュー！」

咄嗟に盾で突進を受け止めたものの、数メートルは吹っ飛ぶ俺達。

「──炎の矢（ファイヤ・アロー）！」

俺達に意識が向いたガーゴイルにメイリアが魔法を放つ。

『ギュウウウゥアアアアァッ！』

ガーゴイルに直撃する炎。だが、その時。胸部にある眼が怪しく光った。

ボシュゥウゥゥ……。

「何！」

「キュー！」

メイリアの魔法が掻き消された、だと？

「……あの胸にある眼は魔眼のようです。魔法の威力を減衰させるような」

「ええ!?」

そんなのってアリかよ！　メイリアが味方なら戦闘で楽が出来ると思ってたのに！

「魔法が効かないって事!?」

「そこまでではありません。けれどガーゴイル自体が魔法に強いようですから」

魔法防御の高いモンスターが、魔法威力減衰のチート持ちって事？

「そんな都合のいい組み合わせのヤツが自然に居てたまるか！」

何かしらの悪意、敵意があるだろ！

「——土塊（つちくれ）よ、立て。ゴーレム」

メイリアが素早く次の手を打ち、ガーゴイルを牽制する。俺より戦闘慣れしてるな！

『ギュァアアアアア！』

ゴーレム三体に向かって暴れる魔眼のガーゴイル。今の内に作戦を立てよう。

「メイリア。最善の策は？　逃げるのも一手だけど」

「この個体の目的が不明です。ルーシィを狙っている、という話ですが」

つまり逃げても追って来るって事か。

「キュー！」

……この子を肩に乗せたままじゃ戦えないだろ。危な過ぎる。

「……鏡の浮遊盾！」

　空中に浮かぶ盾を、俺の位置に合わせて相対固定。ガーゴイルの突進の邪魔になるように、俺達を直線で結ぶ中間地点に浮遊盾を配置しながら横移動をしてみる。

『ギュゥウアアアアッ！』

「キュー！」

「くそ！　本当にこっちばっかり狙ってやがる！」

　その視線がどこまでも俺達を追ってくる！　けどルーシィちゃん狙い？　それとも。

「ルーシィちゃん！　メイリアの方に！」

「キュー！」

　意図を察してくれたルーシィちゃんが俺の肩から飛び降りて、地面を駆けていく。

「――鏡壁（ミラー・ウォール）！」

　さらにガーゴイルの視線をルーシィちゃんから遮るように壁を出した。のだが。

『ギュゥウウアアアアッ！』

　くっそ！　やっぱりルーシィちゃん狙いだ！　子供を危険に晒せるかよ！

「【挑発の腕輪】／挑発効果、発動！」

　左腕に嵌めた銀色の腕輪が光り輝く。一時的な魔物寄せ機能だ。効くか!?

『ギュア！　ギュゥゥ……ァアアアアアア！』

ガーゴイルが俺を見た。ヨシ！　……ヨシでもないが！

「くそ野郎。お前の敵は、こっちだ、モンスター」

『ギュゥウアアアアアッ!!』

怖い怖い怖い！　普通にバケモノ！　メイリアから離れた俺にターゲットが移った為、ゴーレムの間を縫うようにして再び低空を飛び、突進してくるガーゴイル！

「――鏡壁（ミラー・ウォール）……打撃（ピック）！」

ドゴッ！

『ギュラアッ!?』

地面から生やす盾である鏡壁（ミラー・ウォール）。それを真上に迫り上げるのではなく、斜めの角度を付けて生成する。低空を愚直に突進してくるヤツには、いいカウンターが入った。

「――五天槍（ごてんそう）！」

ドドドドド！

メイリアが放つ五属性の魔法の槍がガーゴイルを直撃するのだが……。

ボシュウゥウウ……。

やはり魔眼が光って、その威力を弱めてしまって効果が薄い。

「シンタさん！　魔眼を！」

……ですよねー。それ、俺の役割（ロール）ですよね。あの魔眼を俺が潰す。作戦、以上！

エースの力を最大限に発揮するのがチーム戦のセオリーだよな。

『ギュウウラァアアアッ！』

「くっ！」

今の俺は加速によって接近できる。だが攻撃力が低い。カウンターでなければ。

ならば、俺に強力な反撃の力があればいい。

「鏡の浮遊盾！」

『ギュラアァッ！』

ガーゴイルが空へ飛ぼうとするのを、空中生成した盾で妨害する。

「メイリア！　俺に！　魔法を！」

鏡の盾をメイリアに向けた。それだけで彼女は意図を察してくれる。

「――水球・連弾（ガンズ・アクア）！」

……なんかユーリの上位互換っぽい水魔法を撃ってきた！　複数の水球発射！

やめて！　女盗賊（シーフ）の役職（ジョブ）が奪われちゃう！　こいつ居れば良くね、とか言われちゃう！

ドドドドド！

「ぐっ……うぉおおおお！」

メイリアの魔法を鏡の盾と全身で受ける！　炎や切り刻む系じゃないのは優しさか。

『ギュルウアアアアッ！』

「……！　加速！」

ガーゴイルの突進に合わせて俺も突進し、向かって行く。狙いは一点！

受けたダメージを闘気（オーラ）に変換。そして【反撃の剣（つるぎ）】に光が迸る。

「――カウンター・ストライク！」

『ギュルアアッ！』

ガーゴイルは危機を感じ取ったのか、左手を胸のガードに動かした。

だが……その腕すらも貫き飛ばし、俺の攻撃が胸部の魔眼に突き刺さる！

ギュドッ!!

『ギュルッ……ァアアアアア!!』

「メイリア！　俺ごと！」

俺は鏡の盾を真上に構えた。更に浮遊盾も使ってカバーする。

「――獄炎（ヘルファイヤ）！」

火力が高そうな魔法名が聞こえたなぁ！　本当に俺ごと吹っ飛ばしそうで怖い！

ドドドドド！　ゴォオオオ!!

「あっつ！　あっち！　あちちちち！　熱い！」

『ギュルゥゥァアアアアアア!!』

メイリアの炎を受けて泣きそうになりながらも必死にガーゴイルに向き合う。

くそぉ、コイツのせいで！

「とっとと、くたばれ！　――カウンター・スラッシュ！」

キィイイ、カッ！　ザシュ！

光を纏った【反撃の剣】を振り被り、ガーゴイルを斬り付けた。

『ギュル……ァアアアアア……！』

身体を切り裂かれ、炎に巻かれながら倒れ伏すガーゴイル。……やったな！

「はぁ……はぁ……！」

倒せるもんだな、ガーゴイル。いや、メイリアが居なかったら危なかったけど。

「キュー！」

ルーシィちゃんがトトトト、と走ってくる。獣の動きとか慣れてるのね。

「キュ、キュー！」

そして右手を振り上げて、勝利のポーズ、決めっ！

……いや、倒したのは俺達なんですけど？　割と中身はお調子者か、ルーシィちゃん。

「キュー！」

「は？」

この動きは、まさか、だが。

「……もしかして、ルーシィちゃんがガーゴイルの瘴気を吸い込んでる、とか」

「はい。見えてますか？　シンタさん」

「いや。見えてないけど」

テンプレかな。ルーシィちゃんのプロフィールに書かれていた、アレ。

「【魔王の因子】とやらをガーゴイルから吸収しているんじゃないか」

「魔王の因子？」

「……メイリアがルーシィちゃんに植え付けたっていう何かだ」

「ああ。なるほど。亜人達から寄せ集めたモノでしたが、魔物からも。なるほど……」

これの犯人、お前じゃねぇか。因子を集めたらどうなる？　最終的には魔王？

「キュー？」

『私が魔王になるの？』

「……ならないよ。ならせてたまるか」

「キュー？」

おい。なんで残念そうなんだよ。この子、精神状態、ヤバかったりするの？

「キュッ、キュー！」

いや、むしろ楽しそうだな。え？　嬉しいの？　……まっさかー。HAHAHA。

……倫理教育が必要だな。尻尾をパタパタ振ってんじゃないよ。可愛いな。

とにかく突然の襲撃者を何とか俺達は撃退したのだった。中ボス撃破、だな！

14話　勇者の女魔術師

「メイリア。入るぞ」

「……は、はい」

シャワーを浴びてきた俺は、彼女の部屋に入る。仄かに良い香りがした。

「ここがメイリアの部屋？」

ほほう。俺って女の子の部屋に入るの初めてなんだよな。何か成し遂げた感じ。

「もしかしてメイリアもシャワーを浴びてきた？」

「……はい」

おお。彼女の方が準備をしてきている。そして部屋で待っていた。新鮮！

「ユーリは、ルーシィちゃんと仲良くやっているみたい」

意外にもユーリはルーシィちゃんと上手くやれそうらしい。あのユーリが。

「……地下の彼らは」

「まだ解放してない。食事とか必要な物はちゃんとしてるよ」

ちなみに屋敷の結界はメイリアが張り直したらしい。

「メイリア。君の知識や技術でルーシィちゃんを元に戻す事は出来るのか？」

「元に戻す、という研究は、まだしていません。なので今の私には答えられないです」

「……これからする予定だったと？」

「はい。そうしてこそ研究の完成ですから。ただ姿を変えるだけじゃ満足しません」

うわぁ……。満足しないから、という理由が逆に信頼できるな。

「……ルーシィちゃんをあの姿に変えた理由は、好奇心？」

「はい。シンタさんの言う魔王の因子を集めてみたら、出来るかなって思いまして」

思いまして、じゃないが。この女、やっぱヤバいでしょ。美人で胸大きいけど。

「そもそも、どこから魔王の因子なんてものを手に入れたんだ？」

「亜人達の中からです。そして、魔王の因子は元々、ルーシィも持っていたものでした」

なんだって？　まさか、ルーシィちゃんこそが魔王の手先オチ！

「魔王の因子という名称は、シンタさんのスキルで分かった言葉ですよね？」

「ああ」

「私は、そういうつもりで取り扱っていません。獣化（じゅうか）する為の、ただのエネルギー源であると考えていました」

「ふむ」

「この研究が完成すれば、私は、獣人達の獣化の第一人者になれるでしょう」

「この世界の獣人って、自力では獣の姿になれないもの？　誰も？」

「ええ。そうです。ですが、ルーシィを元の姿に戻せる技術が確立すれば変わります」

ここは異世界。獣人種に獣化能力がある、なんてテンプレの一つだろう。

だが、この世界では『まだ』なんだ。彼らは、その能力を持っていない。

これからだったんだ。俺がイメージする異世界の獣人達になるのは。

「それは……なんというか」

なんか罪じゃない気がしてきたな？　いや、誘拐や監禁は罪なんだけど。

獣化の技術的ブレイクスルーが起こる前の異世界！　なるほど、なぁ？

「シンタさんは、ルーシィを見てどう思いますか」

「どうって？」

「可愛いフェレット、そう思いませんか。少なくとも異形の怪物ではない」

「そう、だが。それが？」

「私の目的は怪物化ではありません。あの姿は存在する小動物の姿です」

ルーシィちゃんの今の姿。それはフェレットそのものだった。

「『ルーシィが元から変身できる姿』なんです。体内に宿した設計図によって」

設計図？　遺伝子か！　ただの人間を意図的にフェレットにしているのではなく。

「私は、ルーシィの中にある設計図の姿に変身させただけ。それに必要なエネルギーが、その【魔王の因子】だった。ただ、彼女の力を引き出したんです」

……正しく、獣人の元々の能力を引き出す実験だったってワケだ。

彼らの可能性を広げたに過ぎない。

俺なら理解できる。『獣人って、そういうものだろう？』とまで言えるだろうな。

「獣人というのは、毛皮・爪・牙・耳・尻尾など、動物的要素を持っていますが、それでも『人』と言える姿をしています。掛け合わせ、なんですよ。明らかに。『人間』が人間の姿をしているのですから。この世界でない世界でも、人間は人間の姿をしていますよね」

たしかに。それはそうだ。

「人間は人間なんです。であれば、プラスされた『動物』たる要素とは……後付けです。きっと歴史のどこかで人間に動物を付加しよう、と試みられたのでは？　ですからそう。ルーシィの変身は、先祖返りと言えますね」

……ルーシィちゃんが意外と順応してるっぽいのは、苦ではないから、なのか。

「ガーゴイルにルーシィちゃんが狙われていたのは何でだと思う？」

「魔王の因子が原因なのでしょう。魔王の因子は何らかの理由によって、多くの亜人、魔物達の中に残されてしまった。因子を多く含んだ個体同士は、あのように引き寄せ合い、奪い合うのだと思います。まるで魔王の元になった【不死の怪物】のように」

いや、それもう魔王化のプロセスじゃん。ルーシィちゃんは次世代魔王だった！

「ルーシィ、魔王……『ルシファー』かな。名前は」

やだなぁ。ラスボスとして対峙するのがルーシィちゃんなの？

『キューーッキュッキュ！』……などと高笑いする魔王ルシファー。嫌過ぎない？

「はぁ……。じゃあ、地下に捕まえている亜人達は？　無事なのか？」

「はい。他の方達からはルーシィとは逆に魔王の因子を取り除きました」

「取り除いた？　ああ。集めてルーシィちゃんに注入する為に？」

「ええ。経過観察を続けていましたが。因子を抜いても健康そのものですね」

「……彼らは無事なんだな？　何人いるの？」

「五人いらっしゃいますね。それ以上は居ません」

「……死なせた亜人達はどう処理したんだ？」

「誰も死なせてはいませんよ？　だって死なせたら経過観察が出来ないじゃないですか」

「拷問とか虐待とか。そういう事は……」

「彼らを痛めつける趣味はありません。だって長く健康で居て貰いませんと観察が……」

これかぁ！　メイリアの悪行に殺人がなかった理由！

徹底して実験対象だと思っているから、むしろ健康管理までしてやがる！

マッドサイエンティストだから最悪だけど、逆に一線を踏み越えていない！

「彼らやルーシィちゃんを元の場所に帰すと約束してくれ。それに協力するように」

「それは構いません。体調に変化もないようですし。ただ、ルーシィは今回の件で……」

「……強い魔物に狙われる存在になっている、か」

あの魔眼のガーゴイルみたいなヤツが亜人の村を襲ったら、ひとたまりもないだろう。

下手をすればルーシィちゃん狙いの魔物のせいで村全滅エンドもありえる。

……ルーシィちゃんを放り出すことも、あの村に置いておくことも出来ないな。

「ルーシィちゃんを元に戻す為の研究は旅の間でも続けられる？」

「はい。もちろん。冒険先の方が、研究は捗るかもしれません」

「……だとしても、ルーシィちゃんは一度、故郷の村へ連れて帰るよ」

それでもルーシィちゃんは俺達が連れていくしかない。

メイリアが、旅の途中で彼女の姿を戻す研究を成功させるかもしれないから、他の選択肢はないだろう。……これで今回の問題は、ほぼ解決か。

「じゃあ、あとはメイリア自身の今後の話になるけど」

俺は、ベッドの端に腰掛けていたメイリアの隣に堂々と座り込んだ。

彼女の手に手を重ねる。拒絶は……されない。温かい手だ。

「父親が旅に出る事に反対しているんだっけ？」

「……はい。我が家は私という存在で領民の人気を得ていますから。それに」

「それに？」

「……実はですね。シンタさん。勇者というのは、男性で……好色な人なんです」

「……はぁ？」

「つまり勇者に連れられている女性が、世間にどう見られるか？　世間は、その女性について『勇者の恋人だ』と見るでしょうね」

なんだそれ。カップリングとか、そういう？　いや、でも。

「歴代の勇者様達ですが……まぁ、多くの女性を連れていました」

あ。読めた。……ハーレムだったんだな？　ハーレムだったんだろ。歴代勇者。

「ですので勇者パーティーへの同行。即ち、勇者の恋人扱いであり、貴族令嬢としては、その段階で婚約とか、そういう話はパタリと止まります」

「つまり俺と一緒に行くって時点で、どの道、俺の女みたいな扱いを受けてしまうと」

「はい。ですのでお父様は渋っているんですよ」

『勇者なんてオークと同じケダモノですわ！』とか某王女が言ってそうだなぁ。

「じゃあ」

「あっ」

俺はメイリアに迫り、そして肩を抱いてみた。

「本当にそうなれば、あとは父親を説得するしかないな？」

メイリアの頬がバラ色に赤く染まる。これは脈あり。仕込んできた甲斐があった。

「は、はい……。そう、なります、ね？」

「メイリア」

「あっ」

俺は、さらに彼女の頬に手を当てて、そして瞳をまっすぐ見つめた。青色の瞳だ。

「んっ……シンタ、さん……」

目を細めて、期待したように唇を突き出してくるメイリア。俺は、そんな彼女に。

「ちゅっ……ん」

キスをした。ここに至っても抵抗はなく、むしろ受け入れられている。

「ん……はぁ」

「メイリアは……男とのキス、初めてか？」

「……はい。シンタさんが初めて、です。その。色々と、そうなります」

おう。色々とね？　イける。これはイけるな。脈もある。満更でもなさそうだ。

俺は彼女を両手で抱き寄せ、さらに身体を密着させた。

「男は、イヤか？」

「……いいえ。その、実は、私……嬉しかったんです」

「……うれしい？」

「シンタさんに。決闘の前に。その。私に勝つ自信と、それから、その」

「うん」

「べ、ベッドの上で滅茶苦茶に、してやる、と言われた事が。嬉しく、思いました」

「……メイリアって。責められる方が、好き、みたいな？」

つまりマゾ？　この自信家の性格とマッドサイエンティストっぷりで？

「……は、はい。凄く、そう、して欲しくて。支配、とかされてみたくて、ですね」

メイリアはドM（エム）だった！　いや、俺の彼女になるのだから、その性癖を笑うまい。

「自分より強い人に、その。滅茶苦茶にされて、乱暴に、されて。支配……される事を、よく想像していまして。他の女性にするのも『自分がされたら』と思いながら……」

「……メイリアって強いもんな。そんな相手、王国中を捜してもいなかった？」

「は、はい。そうなんです。ですから、シンタさんが、その。嬉しくて」

あれ？　俺って、もしかしてメイリアの好み、ド真ん中（まなか）？

「シンタさん……」

期待しているような熱い眼差し。経験不足な俺だが言わせて貰おう。これはイけると。

「メイリア」

「あっ、ん……ちゅ……」

拒絶されないだろうと見越して、俺はまた彼女にキスをした。

「ちゅ、ん……ちゅ、……んん」

唇に触れるだけの優しいキスを繰り返していく。今すぐ彼女を押し倒したくなった。

「ちゅ、はぁ……ん、シンタさん……」

潤んだ瞳で、名前を呼ばれる感動。すべてを認められたような幸福感。

「メイリア。もっと」

「あっ……ちゅ、んん、んっ！」

今度は、もっと深く。唇だけではなく、舌を入れてみた。

「ちゅ、んっ！　んん、ちゅ、ん」

メイリアは始めに驚いたが、すぐに順応し、俺と舌を交わらせて来る。

「ちゅ……はぁ、はぁ……シンタさん」

「気持ちいい？　メイリア」

「は、はい。とても……良いです」

「メイリアは、俺に……勝てない事に興奮したの？」

そう言いながら俺は彼女の腰を抱き寄せ、顔を間近に迫る。恋人の距離ってヤツだ。

「はい。あの。ガーゴイルに獄炎（ヘルファイヤ）を放った時。割と本気の火力を撃ち込んだんです」

おい。本気で俺ごと焼き殺す気だったのかよ！

「でも。シンタさんには効かないんですね、私の魔法……そう思うと嬉しくて」

いや、趣味が。うーん。ユーリもそうだけど、この世界。けっこう強さ主義？

「そうか。メイリアは……もう、俺の事が好きなんだな？」

少し強気に迫ってみるテスト。

「は、はい……。好き、です」

顔を赤くしながら肯定するメイリア。ほう。

「……なら。メイリアが俺に勝てないって事を、もっと見せつけてやろう」

「え？」

俺はスキル設定をする。もちろん使うのは【異世界転送術（第3スキル）】。設定して、発動。

「きゃっ」

ベッドの上に魔法陣が発生し、メイリアを包み込んだ。そして次の瞬間には。

「あ、こ、これは……」

メイリアは一瞬で下着姿になっていた。先程まで着ていた衣服は傍に畳まれている。

「こうして、君をいつでも裸にしてしまえる。どこからでも」

「あっ……」

合意の上での関係だから【因果応報の呪い】のデメリットも怖くない、って寸法だ。

「あ、これは？」

メイリアは下着姿になった上で、首にチョーカーを着けていた。

【快感置換のチョーカー】
1、痛み、苦痛を性的な快感に置き換えるチョーカー。
2、自己治癒力を高める効果。
3、ランクC

「っていう効果だよ」

「そ、それは……」

「メイリア。男とは初めてだったっけ。でもね。痛い思いはさせてあげない」

「あっ……」

ゾクリ、と。メイリアが身体を震わせたのが分かった。恐怖ではなく期待からだろう。

「し、シンタさん」

俺は、下着姿のメイリアにまたキスをした。今度も深く。ディープキスを。

「ちゅ、ん……ちゅ、む、ん……ちゅ……」

メイリアの体温が上がる。情熱的にキスに応えてくる彼女。

アイテムのお陰で、多少、乱暴な事になってもすべて快感に変わるだろう。

「ちゅ……はぁ、はぁ」

唾液の糸が俺達の唇を繋ぐ。俺は、いよいよ彼女をベッドの上に押し倒した。

「俺は、女としての君と。魔術師としての君と。研究者としての君。すべてが欲しい」

「――――――」

最強の女魔術師を味方に引き入れれば騎士団長さえ恐れるに足らず！

スキル運用についての相談役にもなってくれるし。アリシアにも興味があるらしい。

つまり王女の調教についてもパートナーになれる素養がある。女好きだからね！

何よりも彼女は、とても女性として魅力的だ。うん。胸とか体付きとか、顔とか。

「し、シンタ……さん。私……」

彼女は思わず、といった風に顔を逸らした。耳まで真っ赤になって。

「どう？　メイリア」

「そ、その……とても、嬉しい、です。シンタさん……」

今夜のメイリアの下着は水色の上下だ。彼女の青い髪と青い瞳によく似合う。

「俺に抵抗なんて出来ない、だろ？　メイリア」

「は、はい。抵抗……出来ません、ね？」

「もっと良い事を教えてあげる。俺の【レベリング】には性的技能ってのもあるんだ」

俺は、彼女の股間に手を伸ばし、秘部を下着越しに刺激した。

「つまり。俺に抱かれれば抱かれる程。メイリアは気持ち良くなれる」

「あっ、ん……あっ、あっ……だめ、そこ、だめ、です、あっ……」

性器まで擦られてメイリアは抵抗する素振りを見せない。

……もう突っ走っても良さそうだ。俺は、彼女の身体中の愛撫を始めた。

「あっ、ん……はぁ、あっ……あ……そこ、んっ」

綺麗な肌の腹から大きな胸にも指を這わせる。そして胸をゆっくり揉みしだいた。

「あんっ、はぁ、あっ、ん……これが、男性にされる、感覚……」

メイリアはどこか浸っている様子だ。男に抱かれる事は彼女にとって感動なのか。

「あっ、ん、ん！　ちゅ……ちゅ、ん、んん」

ベッドの上でのしかかるような位置に。俺はメイリアの肌をつーっと撫でていく。

「んっ……あっ……」

「撫でるだけでも気持ちいい？　もっと凄くしてあげる」

「あっ、シンタさんっ……」

キス。愛撫。身体中に指を這わせる。メイリアの女の部分をすべて刺激する。

余すところなく。彼女の身体のすべてが俺の物だと刻み付けるように。

「メイリア。少し強めにしてみるよ？　本当に痛みが快感に変わるか、実験だ」

「あっ、はぁ……はぁ……実験……この、私が」

人を実験台にした因果応報、ってね。いや、等価になってないんだけど。

「あっ……！　あんっ、んっ……それ、凄く、いい、です……」

ちょっと強めにメイリアの胸を揉んでみた。

「これでも？」

「あっ！　ぁあ！　あっ、やぁん……！」

良い反応だ。握り潰すように強めに彼女の胸を揉んだ。

「痛い、のに、気持ちいい、の、方が凄くて、ああ！　シンタさん、シンタさん……！」

マゾなメイリアにとっては、すべてがご褒美らしい。俺も責める方が好きだな。

……俺達、めちゃくちゃ相性が良いんじゃないか？　もっと虐めてあげたくなってきた。

メイリアも完全にスイッチが入っている様子だ。

「なぁ……、メイリア。ここ数日。俺の事を考えながら……してた、だろ？」

「……！　そ、それは！」

恥ずかしそうにするメイリア。いいぞ。羞恥心があるのはいい。

「責められるのが好きなんだろう？　ちゃんと答えて？　じゃないと、もっと」

「あんっ！　あっ、あっ……」

メイリアの身体を責める。強めに。彼女は俺の思うままに身体を反応させる。

「あう、し、して……ました！」

「ふぅん。何を？　誰の事を考えて？　言うんだ。メイリア」

「あっ、ふっ……！　んん！」

言葉責めも好きそうだな、彼女。いい。うん。いいな、彼女は。

「うぅぅ。し、シンタさんの事を考えながら、お、オナニーを、して、ました……」

「……ははっ」

「んっ！　ちゅ、んん」

オナニー暴露。俺の事を想いながら自慰させて、それを告白させる。最高だ。

「ちゅ、はぁ……ん」

「知ってるよ。メイリア。その姿も見てたから、俺」

「なっ……。あっ、スキル……」

顔を真っ赤にして身悶えるメイリア。いい。いい。彼女、最高。

「メイリアの恥ずかしいところ、すべて見せて？」

「あっ……ん、ちゅ……んん」

キスしながらメイリアの下着を剥ぎ取っていく。チョーカー以外、裸にしてやる。

「あっ……ん。んん、シンタさん……」

トロンとした表情になり始めたメイリア。色々な事が気持ちいいのだろう。

「メイリア。一度、果てるまでしてあげる」

「えっ、あっ！　んっ！　ぁあん！」

足を開かせて、そして指の腹で陰核を弄る。痛いのもすべて快感に変わるだろう。

「やっ、そこっ、すごく、あっ、あっ、だめっ、だめっ、やっ、あっ！」

「自分で慰めるのと、俺に指でされるの。どっちが気持ちいい？」

「やっ、あん！　そ、そんなこと！」

「だめだ。ちゃんと言え。恥ずかしい台詞も、すべて」

「あっ！」

一際大きく、メイリアが反応を示す。本当に支配されるのが好きみたいだ。

「あっ、はぁ、あっ。はぁ……。お、オナニーするより、シンタさんに虐められる方が、気持ち、いい、です……あんっ」

ぎゅっと彼女の大きな胸を握る。

「やぁん！」

ビクビクとメイリアの身体が跳ねた。ははは。

「何度も俺で、したの？」

「は、はい。貴方を想って……。何度もオナニーで絶頂、しました……あっ、ん！」

「なら俺の指でもイけ。ほら、ほら！」

「あっ、あっ！　だめっ、やっ、あっ、あんっ、あんっ……！　あっ、イ、イク！」

ビクン！　と身体を大きく跳ねさせ、腰を浮かせるメイリア。

裸にチョーカーだけの姿で。指での前戯だけで……彼女は絶頂に身を震わせた。

「はぁ……ん。はぁ、はぁ……」

ピクピクと小刻みに身体を震わせ、絶頂の余韻に浸るメイリア。だが。

「まだ終わりじゃないよ、メイリア」

「あっ……ちゅ……、ん、ん」

絶頂の余韻に浸る彼女に深くキスをする。反応からして、かなり気持ち良さそうだ。

「ちゅ……、はぁ、はぁ、……シンタさん……」

「メイリア。君のすべてが欲しい。君が好きだ。……君のすべて、俺にくれる？」

「あっ……。は、はい。わ、私のすべてを……差し上げます、シンタさんに……」

彼女は嬉しそうに、そして照れながら応えてくれた。まさに女の顔をしている。

「どんな道具を使えば気持ち良くなるか、も研究していこうか」

知的な女性の賢さを性的に消費してしまうっていうのも、そそるね。

「メイリアは、これから、痛みよりも気持ち良さを感じるんだ。覚悟はいい？」

「あっ……」

彼女の両足を大きく開かせて、愛撫をしつつも、挿入の体勢を整えた。

「メイリア。俺のこと、好き、に……なれそう？」

「……はい。シンタさん。私、貴方のこと、好き、……です」

よーし。これでイチャラブだね！

「来て、下さい……私の、中に……シンタさん」

合意を得た俺は、ゆっくりと彼女の膣内に挿入を始めた。

「あっ……ぁ、あっ……」

ずっ、ずっ、と。ゆっくり。思いやるように。

「あっ！　ああっ……！　こ、こんな……に？　ああっ」

「気持ちいい？　メイリア」

「は、い……あっ。気持ちいい、です……んっ、シンタさん……！」

「そう。良かった」

「あっ、んっ、やっ、だめっ、だめっ……奥、まで……！　私、こんなに……！」

「安心して。痛くないよ。ね。メイリア。好き。好き」

「あっ！　ふぅ、ん！　ふぁ、あっ……やぁ、ん……！」

痛みを和らげ、好きと何度も言う事で身体だけじゃなく心も受け入れて貰う。

なにせ俺は経験人数二人目だ。処女な彼女に最高の初体験をさせてあげる。

俺とのセックスを忘れられなくしてやる、ってヤツだな。

「あっ、あっ、んっ、ぁあ……！」

そして根元まで、じっくり進んで……最後に一突き。

「ぁああんっ！」

そうするとメイリアの身体がビクンと跳ねた。

ユーリの時も感じた手応えを突き破る感覚。俺はメイリアの初めての男になった。

「あっ……はぁ、あっ、ん、はぁ、ああ……」

まだ挿入を果たしただけだというのにメイリアは夢見心地のようだ。

無理もない。処女としての破瓜の痛みは、すべて快感に変えられてしまった。

それは今までメイリアが味わった事のない、衝撃的な快感となっているだろう。

「……気持ちいい？　メイリア」

「はぁ、あっ。は、はい。凄く……気持ちいい、です。こんなに、男性と交わるのは」

「男なら誰でも、じゃないよ。俺とメイリアだから気持ちいいんだ。色々な理由で、ね」

「はぁ……ん。はい。そう、ですね。シンタさんとだから、凄く、いい……あっ、ん」

おお。可愛らしいな。メイリアは今、俺のすべてを受け入れてくれている。

「メイリア。俺も、メイリアが気持ちいいよ。すごく興奮する」

「あっ！」

そう言ってあげると、メイリアは、きゅんと膣内を締め付けてきた。おお……。

「……ごめん。もう俺が我慢できそうにない、から」

「は、はい。シンタさんの好きなように動いて。私の事を滅茶苦茶に、して下さい……」

よし。彼女のお望みとあらば。

俺は張りのある乳房を潰すように彼女に覆い被さる。密着して、そして。

「あんっ、あっ、あんっ、シンタさん、あっ、凄い、すごく、いい……！」

俺は夢中になって彼女の膣内を行き来し、一番奥を何度も突き立てた。

「あっ、あっ、あっ！　やんっ、あんっ、だめ、あっ、ああ！」

「メイリア。もっと、これからも沢山、気持ち良くしてあげる」

「あんっ、あっ、はぁ、ん！　シンタさん、シンタさん……！」

メイリアはもう完全に出来上がっていて、どんどん昂っていった。

正常位で抱き締めながら、舌を交わらせてキスをして、耳元で愛を囁きかける。

「メイリア。好きだよ。もっと俺を感じて？」

「あっ、ん！　はい、はい……シンタさん、シンタさん……気持ちいい、いいです！」

両手を俺の背中に回し、両足も俺を挟み込むように、しがみついて来るメイリア。

異世界人らしく真っ青な髪の色は、とても自然に彼女によく似合っている。

ただの美女ではない。異世界美女を思うままに抱く快感と満足感。

「あんっ、はぁ、あんっ、やっ、あんっ、あんっ！」

汗ばみ、濃い女の匂いを放つ彼女。綺麗で触り心地のいい肌は抱くだけで最高だ。

「んっ、んんっ、んっ、んっ！」

激しく腰を動かすと、それに合わせて喘ぎ声を上げるメイリア。

「メイリア。もう、そろそろ」

「あっ、ん、あ、中、に？　だ、だめっ……んちゅ？」

ダメとは言わせないように唇を奪った。メイリアには俺の全てを受け入れさせる。

「んん！」

両手両足で俺にしがみ付き、がっちりホールドしてしまうメイリア。

「あっ、あ、ぁあ！　だめ、だめ、やっ、イく！　イく、イきます！　イクぅ……っ！」

ビュウルウウウウウ!!

「ぁあああ……！　イク、イク、イクぅぅん！」

ビクン！　と、彼女は大きく跳ねた。

精液を膣奥に射精されて、中出しを受け入れての、絶頂。

「はっ、あっ、はっ、はぁ……あっ、あん……はぁ……はぁ……」

男として、これ程の満足感はない。

青い髪の異世界美女と恋人同士としてセックスして、射精して絶頂させてやった。

「はぁ……、ん、はぁ、ん……」

ビクビクと小刻みに身体を震わせて、絶頂の余韻に浸るメイリア。

「ふぅ……。メイリア」

「はぁ、ん……シンタさん……」

トロンと。蕩けた表情と目で、メイリアは俺を見つめ返した。

「あっ……ん、ちゅ……ん、ちゅ……」

まだ結合部が繋がったままの状態で、俺達は深くキスを交わした。

「ちゅ、ん……はぁ、はぁ……シンタさん」

「うん。メイリア。好きだよ。すごく、好き。メイリアの身体も、すごく良かった」

「はい……。私も、凄く良かった、です。シンタさんが……」

「それはよかった」

「あっ。ん、ちゅ……」

またキスをする。……今夜は朝までコースだな。

徹底的にメイリアを可愛がる事にしよう。俺以外なんて考えられなくなるぐらいに。


「あんっ、あっ！　あっ、イク、イク、イク！」

後背位にしてバックから激しく責める。破瓜の痛みは魔法で癒してしまった。

「あっ、またイク！　イきます！　あっ、ぁあん！」

何度も、何度も、俺のモノを締め付けながら絶頂して見せるメイリア。

「あんっ、あっ……凄いぃ……、はぁ、ん、気持ち良い、ですぅ……」

メイリアは心底幸せそうに俺に犯されている。彼女にとっては念願叶って、だからな。

「はぁ、はぁ、あっ！」

そして俺も容赦なくメイリアを責め立てた。

「あんっ、あっ、あっ、またイク、イきます！　あっ……！」

「なんて言うんだ？　ほら、メイリア」

俺は後ろからメイリアの乳房を鷲掴みにして揉みしだいた。

「あんっ！　あっ、お、おまんこ、イきます！　私、おまんこ、イきます……！」

「いい子だ。イけ！」

「あん、ああっ！　おまんこイく、イくぅ！」

ビクン！　と大きく身体を揺らし、絶頂するメイリア。ははは。

「あっ……はぁ、はぁ……ん……おまんこ、気持ちいい……あっ、ん！」

ずりゅん、と彼女の中から抜き出すと、ベチンと、そのお尻を叩いてやる。

「あ、あ、あぁ……はぁん……」

「メイリア。呆けてないで、次だ」

俺は、またスキルを使った。光と共に一冊の本が出現する。

「あ……う……これは？」

「魔導書。俺のスキルは生物を出せないけど、メイリアの魔法ならいける」

俺は彼女にその魔導書を使うように促した。その指示に従順に従うメイリア。

メイリアの魔法として出現したのは……スライムだ。

「すら、いむ?」

「そうだ。そして、これは俺の指示に従う。たとえば、こんな風に」

「はっ……あっ！　んっ、そ、そこはぁ！」

スライムはメイリアに作り出されたにも拘わらず、彼女を責め始めた。

「あっ、んっ、だめ、です。あっ、お尻の……中、にぃ……！」

にゅるにゅるとメイリアの肛門の中にスライムが入り込んでいく。

「メイリアは、これから、こっちの穴で排泄する事はなくなるよ」

「はっ、ふぇ、あっ、あっ、あっ、お尻、中……んっ、あぉ……！」

「これからはスライムが、ずっと綺麗にしてくれるからね。もう、この穴も俺のだ」

俺は、スライムと一緒に指をメイリアの肛門に挿入してみた。

「んぁああ、んんっ！」

ビクン！　となってまた絶頂するメイリア。

「んあっ、あんっ、あっ、シンタさん、あっ、これ、ああ、んん……」

「ほら。メイリア。仰向けになって、足を開け」

「はぁ……あん、は、はい……」

メイリアは俺の言葉に絶対服従、とでも言うように従った。

両足を開いて、淫らな姿を晒すメイリア。

「お尻を責められるのも気持ちいい？」

「はぁ……ん。は、はい。とても、気持ちいい、です」

「もっとしてほしい？」

「はい……。もっと、して下さい……。私の、お尻も虐めて下さい……」

「はは。それもいいけど」

俺は、スライムがメイリアの肛門に入り切るのを待った。

「メイリアの何もかもが俺の物になった証を見せてやるよ」

タイミングを見て、そして彼女のお腹に手を触れながら。

「──淫紋（いんもん）、発動」

「えっ……あっ、あっ、んっ、ああ……！」

メイリアの下腹部に、ハート型でピンク色をした模様が浮かび上がる。

「あっ、ん、これ、これぇ……」

「肛門の中に寄生したスライムがね。媚薬を分泌した時の証」

「へぁ……？」

「メイリアのお尻の中にね。俺の指示で、いつでも媚薬を分泌するスライムが寄生するよ

うになったんだ。だから一生、メイリアは俺の女になった」

「あっ、う、一生……シンタさんの女……あ、そんなぁ……ふふ、ふふふ」

「メイリアは、俺が望んだら、いつでもこうして発情して、淫乱になる。……嬉しい？」

「はぁ……はぁ……はい。嬉しい……すごく、嬉しい、です……」

両手を枕の方に上げて両足をバカリと開いた仰向けの姿勢。秘部からはドロリと俺の精液を零し、肛門からも透明な液体が漏れている。全身には汗をかき、ピクピクと四肢を震えさせ……。乳首とクリトリスは尖って、気持ち良さを主張している。

お腹にはピンクでハートの淫紋。メイリアはいつでも俺の為に発情する身体になった。

「メイリア。俺のこと、愛してる？」

「はぁ……、ん。はい……。愛しています、シンタさん……」

ははは。俺は、また彼女の膣内に挿入して、激しく責めてやった。

「あっ、あんっ、あっ、イク、イク、イくぅん！　やっ、おまんこイきますぅ！」

「あんっ、あっ、気持ちいい、あんっ！　ひゃ、あんっ、イク、イくぅん！」

何度も何度も彼女の中で射精し、その度にメイリアは俺を受け入れ、絶頂した。

「はぁ……私のすべては、シンタさんの物で……私は、シンタさんの……女です」

……メイリアは、王国最強の、俺の、女魔術師になったのだった。

エピローグ　～反逆の勇者～

「キュー！」

ルーシィちゃんを腕に抱えて、モフモフとその毛皮を撫でた。

「よしよし」

尻尾をパタパタするルーシィちゃん。いつまでも撫でていられるな。

メイリアを仲間にしてから一週間以上が経った。

あれから俺達はアリシアと合流する前に囚われた亜人達を全員、故郷へ送り届けた。

幸い、移動範囲内というか。貴族専用ルートでもあるのか、道中もすんなり。

彼等のメンタルケアと、その後の生活保障も最善を尽くさせた。メイリアに。

例の、俺がより強大な悪になって、恨みよりも生還の喜びを重視させる作戦もした。

「……しかし、ルーシィちゃんって」

「キュー？」

ルーシィちゃんも一度、亜人の村へと帰らせ、ティナちゃん達と両親に再会させた。

元の姿に戻す事は出来ないが、再現する事は可能だったから。

【ルーシィの魔法のリボン】
1、ルーシィ本来の人の姿を魔法のホログラムで再現するリボン。
2、ルーシィの言葉をリアルタイムで翻訳して発声する効果。
3、これらの効果発動時に負う代償は【黒の拘束衣】の装備者が負担する。
4、ランクA

と、まぁ。こんな感じで。実態はないながらも両親と友達に感動の再会が出来た。

「……あんまり元の姿になんないでよね、ルーシィ。私が苦しいんだから」

「キュ！」

……ルーシィちゃんの元の姿の再現にも、呪いの影響が出るようだった。

やっぱり、この獣化、魔王を倒さなきゃって制約上、そうは簡単に解決しないらしい。

再現体を出している間、代わりにユーリに瘴気が纏わりつき、苦痛を伴った。

ユーリが。……まぁ、ティナちゃん達を苦しめた因果応報って事で。うんうん。

ちなみにユーリが苦しんでいる時の俺とメイリアの反応は『ふむふむ。興味深い』だ。

いや、想定内だったからね。ユーリ曰く『地獄に墜ちるわよ、アンタら』とのこと。

メイリアは俺の共犯者であり、研究者として最高のパートナーになっていた。

あと趣味が合う。これからはアリシアを一緒にエッチに虐めていこう。

「けど、すぐに受け入れてもらえて良かったね、ルーシィちゃん」

「キュー！」

ティナちゃん達に会わせたら、『ルーシィちゃんと同じ匂いがする』と言われた。

匂い！　そのアプローチがあったかと。さすがは獣人種(じゅうじんしゅ)。

さらなる決め手は、ルーシィちゃんがシャクシャクとリンゴを食べ始めた時。

『ルーシィちゃんっぽい！』だそうだ。

いや、リンゴ食べてるだけでルーシィちゃんっぽいのかよ！　と。

フェレットの姿に覆い被さるように再現されたルーシィちゃんの元の姿。

イタチっぽい獣耳に、細長い尻尾。ワンピースを着た可愛らしい少女だった。

『ルーシィ！　ああ、ルーシィ！』

『お父さん、お母さん！　ティナちゃん、ライラちゃん、ただいま！』

『キュー！』

再現音声とフェレットの鳴き声は被っていた。ここは仕方ないよな。

『ティナちゃん、ライラちゃん、お父さん、お母さん！』

『キュー！』

うんうん。感動の再会だ。

『――私、魔王になるよ！』

なん……だと？

『る、ルーシィ？』

『私ね！　この長い旅で、とうとう魔王になる資格を手に入れたの！』

『キューッキュ！』

おい、勝ち誇るな。胸を張るな。魔王化を自慢に思うんじゃない。

『このシノさんは実は勇者なの！　私と一緒に沢山の魔物を倒して、私を魔王に育て上げてくれる人なんだよ！』

風評被害ですが？　誰が子供を魔王に育て上げる勇者か！

『私が最強の魔王になれば、この姿にも変幻自在になれるみたいなの！』

そうは言ってないだろ！

『魔王ルシファーに……私はなるよ！』

やっぱりルシファーなんだね！　そして、どこの海賊の王様だよ！

『る、ルーシィ！』

『ああ、ルーシィ、貴方なのね！』

『ルーシィちゃんだ！』

『うん、ルーシィちゃんだよ！』

このやり取りで家族と友達にルーシィちゃんだと納得された！　それでいいのかよ！

『最強の魔王に……私、なるー！』

『キュー！』

リンゴを片手に掲げてキメポーズ！　なんとなく俺の真似っぽい。

ルーシィちゃんは……まさかの中二病だった！

『とにかく私は……最強の魔王ルシファーになる為に、これからシノさん達と一緒に旅に出ないといけないみたいなの！　じゃないと、本当に元の姿には戻れないみたい！　大変だわ！　大変よ！』

キューキューと訴えるルーシィちゃん。

『これだけは言っておくね！　私、怖い思いはしたけど、痛かったり苦しかったりはしなかったわ！　お父さんやお母さんにまた会えて、とっても嬉しいわ！　もちろん、ライラちゃんとティナちゃんともまた会えて嬉しいわ！』

尻尾をパタパタ。

『私、元気だわ！　平気だわ！　それだけは伝えておきたかったの！』

……そして元の姿は消え、ルーシィちゃんは、フェレットの姿に戻ってしまった。

『キュー』

メイリアが黒幕であった事は伏せ、俺はルーシィちゃんを預かり、必ず無事に、そして元の姿にして家に帰す事を両親とティナちゃん達に誓った。勇者として、だ。

ルーシィちゃんは魔王の因子が濃い為に、強力な魔物に襲われる危険性がある。

魔眼のガーゴイルがどこから現れたのかは気になるが……。

ああいう強敵からルーシィちゃんを守っての冒険の旅となるだろう。

勇者パーティーはこれで、勇者、王女(プリンセス)、女盗賊(シーフ)、女魔術師(まほうつかい)、そして次世代魔王となった。

うむ。テンプレな仲間達。……ほんとにそうか？　最後がおかしいな。

「キュー！」

『私、立派な魔王になるわ！』

なるな。そんな子に育てた覚えはありません。尻尾をパタパタするな。可愛いな。

「……まぁ、メンタルがボコボコよりは気持ちが楽だけど」

とにかくルーシィちゃん周りは、そんな感じで一応の決着が着けられた。

そしてメイリアを共犯者に据えた事によって進展があった事もある。

それは、メイリアからのアリシアの説得だった。

考察によって勇者のスキルが封印されている事を悟ったメイリアが、アリシアを説得する事で、その封印をアリシア自身に任意で解かせる、というアプローチだ。

俺の事は信じられなくてもメイリアの意見ならば通る。これは上手くいった。のだが。

新しく解放された勇者スキルがこれだ。

◆第7スキル　【反逆（はんぎゃく）の聖剣】
※聖剣を召喚するスキル。
◇効果1　■■殺し
◇効果2　■■殺しの強化
◇効果3　聖剣の強化
『悪行を持つ人に対し、勇者のスキルを用いた因果応報の報いを与える事で強化する』
◇効果4　制約
『悪行を持たない人を傷付ける事は出来ない』


……明らかにスペックがフル解放されていない！　ガワだけの聖剣だった。

やはりアリシアの任意というのがよろしくないのだろう。

彼女の意識下では、どうしても制約が強くなるのだ。

だから、やっぱりアリシア王女は、心から堕とさなければ勇者の真の力は得られない。

それでも【反撃の剣】で使っていた技は【レベリング】のお陰でこの【反逆の聖剣】でも出来るようになった。あくまでアレらはスキルを使いこなす技術だったからだろう。

ちなみに聖剣のデザインだが……。色が『真っ白』なのが特徴だ。

片刃の片手持ち直剣で、柄も刀身も白。ただし、鍔の部分に丸いデザインが彫られていて……。そこに陰陽の、白と黒の勾玉が二つ合わさったマークがある。

「……なんとなく白と黒が、いつか反転しそうなイメージ」

全体が白で、鍔にこのマークって、どう考えても『黒バージョン』があるだろ。

善人を殺してしまった時、……とかに暴走しそうだ。

メイリア曰く、俺という人間の性質に合ったスキルになるらしいのだが……。

【因果応報の呪い】のデメリットといい、やたらと俺に品行方正を求めてくるな。

ほんとにそうか？　と言いたいね。だって俺だし。

今のところ、いつでも剣を召喚できるっていうのが最大のメリットのスキルだ。

こうして俺は聖剣を手に入れた。まさに勇者としての第一歩、だな。


「勇者様。ご準備をお願いしますわ。ワタクシ、見ていますからね」

「ええ、アリシア様」

色々な問題を片付けた俺達は、メイリアの地元でアリシアと合流した。

メイリアの同行について父親の了承も得ている。なにせ脅迫ネタは、メイリアから、どれだけでも引き出せるからなぁ。くくく。つまり父親を脅して許可をもぎ取った。

盗賊の運用を始め、キナ臭い事を抱えてるパパ。娘を美味しく頂いてざまぁ！　だな。

かなり人の多い領地のようで、さらにメイリアは地元で有名な人気者だ。

アイドルを恋人にした気分。あれから何度もユーリと一緒や交互に抱いている。

「シンタさん。受け止めて下さいね？　私を」

思わせぶりに言ってくるメイリア。いや、誤解を招く言い方を人前でするな。

誤解でもない関係なんだけども！

勇者と同行する女性は、勇者の恋人として世間では見られる。

貴族であれば尚の事。名実共にメイリアは俺の恋人になった事になる。

そしてアリシアからは『やはりケダモノ……』と言われるのだ。

これは歴代の勇者達が悪い。俺のせいじゃないぞ。うん。

「勇者様。ワタクシの元へ」

「はい。分かりました。アリシア王女」

アリシアに導かれ、俺は……・・・・人々の前に立った。

そう。今日は……俺の勇者デビューの日だ。大観衆の前に、俺は立つ。

「メイリア様！　お願いしますわ！」

「ええ、アリシア様」

最強の女魔術師として有名で人気者なメイリアが俺の前に進み出る。そして。

「――業火(ごうか)よ。かの者を焼き払え。獄炎大火葬(クリメイション・ヘルファイヤ)！」

おい！　完全に抹殺用の呪文詠唱だろ、それは！　火力調節しろ！

ゴォオオオ！

天から降り注ぐ、太陽を思わせる業火の塊！

異世界に来てからこれが一番の脅威だよ！　味方からの一撃なのに！

「うぉおおおおおおッ！」

鏡の盾を天に構え、そしてメイリアの火魔法の直撃を受ける俺！

すべての装備品に『耐火性能』を付与。そして俺自身も【レベリング（第4スキル）】によって火や熱への耐久性を上げて準備してきた。それでも、これは……凄まじい火力！

だが受けたダメージのすべては【完全カウンター（第2スキル）】によって闘気（オーラ）へ変換される。

呼吸もアイテム補正でなんとか平気だ。火に焼かれながら秒数を数えていく。

ぐぅぅぅ……。いくら耐性つけても熱いものは熱いし、痛いものは痛い。

カウンターへのダメージ変換と共に、俺の身体は自己回復を始めた。そして。

「――カウンター・バースト！」

【反逆の聖剣】に宿ったオーラの光を空へと向けて解き放った！

カッ！　と、一筋の光が空へ向けて伸び、消える。

「……おお！」

そして羽織ったローブで周りの火を払い、俺が無傷である事を大観衆に知らしめる。

・・あのメイリアの魔法を正面から受けての、無傷。そして光の剣技。
その姿は、まさしく勇者、だろう？

「「「わぁあああああああああ！」」」

一気に大歓声が巻き起こった。勇者のデモンストレーションは大成功のようだ。

やはり派手な演出って大事らしい。あのアリシアも満足顔のメイリア演出だった。

そして。


――【王女の心の鍵】を一時的に解放しました。

――第8スキル【自呪（じじゅ）・自爆（じばく）】を解放。


「……おお？」

今？　俺はアリシアの方を振り向く。彼女はニコリと笑顔を返した。

……意識的にか？　無意識にか？　微妙なタイミングだな。

俺は観衆に笑顔を振りまきつつ、他人には見えないステータス画面を確認した。

なにか嫌な予感のするスキル名だったから。すぐに。

◆第8スキル【自呪・自爆】

◇効果1　自爆
『自らの命と引き換えに強力な範囲攻撃を放つ事が出来る』
◇効果2　自呪
『周囲に居る任意の対象（複数指定可）が負っているダメージを、全て苦痛に換えて対象の代わりに引き受ける事で自らを呪い、自爆の威力を高める事が出来る』


　いや、自爆（メ○ンテ）スキルじゃねぇか！　誰が使うか、自爆なんて！

　しかも周りのダメージを背負って、俺が苦しんで威力アップのオマケ付き！

　いらねぇ！

「ふふふ。勇者様。とても素敵でしたわ！　ワタクシ、感動しましてよ！」

「……ありがとうございます、アリシア王女！　貴方に喜んで貰えて何よりです！」

　この女、分かっててやってないか！

「ふふふ。勇者様ったら」

「あはは」

　そうして、俺達は腹黒く笑い合うのだ。その関係は、あんまり変わってない。

　彼女と出会ってから今まで、ずっとこの関係だ。

「アリシア王女、どうぞ、こちらへ」

「……ワタクシですの？」

「ええ、もちろん」

警戒していても断れない状況でアリシアを舞台の上へ引っ張り上げる。

「キュー！」

「シンタさん、アリシア様」

「シノ。がんばりなよー」

勇者パーティーの面々も離れた場所で手を振っていた。

「アリシア様」

「きゃっ」

俺はアリシアを抱き寄せて、彼女の恋人である事をアピールして見せる。

勇者として俺が立つのなら、その隣にはアリシアが立つ。逃がさないぞ、と。

「……もう、勇者様ったら人前で。……このケダモノ」

その悪口、聞こえてまーす！　だからボソっと言うなっての。

相変わらずクソな異世界で、これからも俺は勇者をやっていくようだ。

一癖どころか二癖、三癖(みくせ)もある悪女達(ヒロイン)と共に。

アリシアを抱き寄せたまま、俺は【反逆の聖剣】を空へ掲げた。

そうだな。勇者として俺が名乗るのなら、この聖剣の名にちなんで。

「俺は、魔王を倒して見せる！　この聖剣で必ず倒す！」

「「「おおおおおおおお!!」」」

俺の宣言に観衆が湧き立ち、拍手と歓声で盛り上がった。

腹黒なアリシア王女と共に。悪女な恋人達と共に。

獣の姿に変えられてしまった、中二病な獣人の少女と共に。

　魔王を倒す冒険の旅に出るんだ。

「——反逆の勇者、ここにあり！」

勇者・篠原シンタの戦いはこれからだ！　……ってね！

「シンタ様。とても素敵です。ワタクシ、貴方を愛していますわ」

アリシア王女が、ここぞとばかりに、俺の名前を呼んでそう言った。

もちろん、俺はその言葉に対して。

「俺も、貴方を心から愛しているよ、アリシア」

そう返した。さて。

いつか、この愛の言葉が……真実に変わる時が来るのかな、なんて。

聖剣とアリシアを手にしながら、俺は、そんな未来に心を向けた。

あとがき

本作を手に取っていただいた皆様。筆者の川崎悠と申します。

『反逆の勇者』、三巻を楽しんでいただければ嬉しいです。

そして、ありがとうございます。本当に。皆様に感謝を。


今回、ＷＥＢ版から内容が大きめに異なる形になりました。

といっても大まかな話の流れは同じであり、三人目の悪女が登場！　となります。

メイリアには筆者も拘りがあったみたいで。今回、イラスト担当の橘由宇先生に、色々と修正をお願いする事になってしまいました。応えてくださって本当に感謝しています。


カバーイラストの雰囲気が一巻二巻とは変わり、そして、とうとう『反逆の聖剣』が！

この聖剣とメイリアだけは、ぜひ書籍で出して欲しかったので、ここまで実現させてくれた関係者の皆様、読者の皆様に改めて、ありがとうございます、と言いたいです。

反逆の勇者は、今回で『第一部・完結』という事になります。

担当してくださった方と話し合って、どうしても……サブタイトルがね（苦笑）。

書籍化の話をいただいた当時は深く考えていなかったんですよ。私には商業・処女作で。

ですので、この先、このシリーズがどうなるかは未定ですが、おそらく次作が出る場合
には『反逆の勇者』の後に続くフレーズが変更になると思います。出せればね～……。


また、コミカライズの一巻が発売されています！

タイトルは「反逆の勇者～スキルを使って腹黒王女のココロとカラダを掌握せよ～」。

構成に墨天業先生、作画にそらモチ先生です。本当にありがとうございます。

ややこしい話を漫画で分かりやすく見せていただけるので、筆者おすすめの一冊です！


こうして書籍三巻までお付き合いいただきました、皆様。

反逆の勇者に、主人公シンタと、ヒロインのアリシアに。ユーリに、メイリアに。

出会わせてくださって、ありがとうございました。

小説３巻発売おめでとうございます。
コミカライズ担当のそらモチです！
コミカライズのアリシアの活躍(？)
のほうもよろしくお願いします！

王女がヤル気なら――
勇者だって黙ってない！
ふっ……
ビク
ビク
あっ…
目を覚まさないなら
そのままイヤラシイ
夢でも見てればいい
んんっ……
王女の行動を
制御できる可能性が
高まる
カラダで
ご奉仕しろと
神のお告げが…
実益も兼ねた
検証ではあるが…
ポワ
ポ
……
かぁぁぁぁぁぁ
そうすれば
王女を好き放題！
好き放題……
コミックライド
アドバンス
にて好評連載中!!!

ファンレター、作品のご感想をお待ちしています!

【宛先】
〒104-0041
東京都中央区新富1-3-7　ヨドコウビル
株式会社マイクロマガジン社
GCN文庫編集部

川崎 悠先生 係
橘 由宇先生 係

【アンケートのお願い】

右の二次元バーコードまたは
URL（https://micromagazine.co.jp/me/）を
ご利用の上、本書に関するアンケートにご協力ください。

■スマートフォンにも対応しています（一部対応していない機種もあります）。
■サイトへのアクセス、登録・メール送信の際の通信費はご負担ください。

GCN文庫

反逆の勇者
～テンプレクソ異世界召喚と日本逆転送～ ③

2024年4月28日　初版発行

著者　川崎 悠

イラスト　橘 由宇

発行人　子安喜美子

装丁　AFTERGLOW

DTP／校閲　株式会社鷗来堂

印刷所　株式会社エデュプレス

発行　株式会社マイクロマガジン社

〒104-0041　東京都中央区新富1-3-7　ヨドコウビル
［販売部］TEL 03-3206-1641／FAX 03-3551-1208
［編集部］TEL 03-3551-9563／FAX 03-3551-9565
https://micromagazine.co.jp/

ISBN978-4-86716-561-4 C0193